青春の波濤

河相《かわい》洌《きよし》

文芸社

一

「礫川台《れきせんだい》の朝風にはためく吾等の校章旗、仰ぐ紅顔一千の眼差し見よや輝きて……」

東京小石川台地の一角に建てられた府立第五中学校の校庭では、折しも生徒全員によって、作曲されたばかりの「五中健児の歌」が力強く歌われていた。畑中進《はたなかすすむ》もその中の一人であった。彼は親友の手塚道夫《てづかみちお》とともに昨年本校に入学し、間もなく二年生になろうとしていた。

二人は四谷にある番町小学校での六年間、切っても切れぬ仲であった。進の家は麹町、道夫は信濃町とさほど遠くなく、お互いに訪ね合っては、交友を深めていた。

彼らの遊びは、必ずバッテリーを組んでのキャッチボールである。二人とも六大学リーグの慶応ファン、道夫は慶応カラー、三色のストッキングをはき、野球帽を後ろ向きにかぶってミットを構える。そこに進は力いっぱいボールを投げ込む。暫くしてバッテリー交替と、ひがな単純な遊びに興じ合っていた。

道夫は成績優秀、クラスの一、二番を競う秀才だった。進も悪くはなかったが、常に道夫の後塵を拝するありさまであった。

六年生になると、当然進学のことが話題になる。

「君は一中を受けるんだろ」

或る日のこと進が道夫に声を掛けた。

「いや、僕は五中を受けるつもりだよ。お父さんが、あの学校は自由で進歩的だから是非行け、と言うんだ」

「そうか。そんなら僕も五中にするよ。家で相談してくるからな」

数日して、二人は職員室に担任の村山を訪ねた。

「先生、僕たちは五中を受けたいんですがいいでしょうか」

道夫が先頭を切った。

「ほほう五中をね。手塚君は一中でも可能だよ。だが五中も新しい良い学校だよ。畑中君もかね」

村山は進に視線を向けた。

「はいお願いします」

進は頭を下げた。

「君の成績ならいいだろう。ただ君は算数が弱いから、それで失敗をしないようにな。これから放課後に補習を始めるから、しっかり勉強してな」

「はい先生」

進はちょっと恥ずかしそうに頭を掻いた。

事実彼は算数が苦手だった。成績を表す通信簿は、甲乙丙《こうおつへい》の三段階だが、常に全甲だった彼が、五年生のある学期に、算数に乙がついていた。

「あの点なら仕方がないな」

そうは思ったものの、乙の字がひどく目障りでならなかった。

間もなく補習時間が始まり、「算術の完成」と題するかなり分厚い問題集があてがわれた。

進は村山の一言を思い起こし、懸命に問題集に取り組んでいた。

ところが秋も半ばになった頃、村山の口から意外なことが生徒たちに告げられた。

「来年の入学試験には筆答試験がないそうだ。口頭試問だけとのことだ。だから補習はこれでやめる」

「ええっ！」

驚きのような叫び声が生徒たちの間から湧き上がった。

「先生、口頭試問とはどんなことをやるんですか」

道夫が、すかさず質問した。

「恐らく常識テストだろう。これからは口頭試問の練習をしよう」

村山はあっさり言ってのけた。

進は「これで算数の勉強をしないですむぞ」と内心ほくそ笑んだが、中学に入れば、もっと難しい数学が待ち構えていることにはあまり気を回さなかった。

年が替わり翌年春三月、道夫と進は揃って入学をゆるされ、新しい学園生活を迎えたのであった。

二

一九一九年（大正八年）、府立五中は小石川駕籠町（現・文京区本駒込）に創立されたが、大正デモクラシーと呼ばれる時代背景と、初代校長伊藤長七の教育思想によって、独特な校風を具えていた。

伊藤は長野県諏訪に生まれ、師範学校卒業後、暫く小学校に奉職したが、これに留まらず、高等師範で英語教育を学び、中高教育に従事している。彼が抱く自由思想と才腕は、教育界のみならず、一般人の間にも広く知られていた。

一方、明治年間に創立された第一中学校から第四中学校は、明治政府の国家目標「富国強兵殖産興業」に忠実な人材の育成が、主たる教育目標であった。そのため何々すべし、何々すべからずとの原則主義で固められ、窮屈さは否定できなかった。伊藤はこれに疑問を抱き、自己の教育理念を新学校に注ぎ込んだのであった。

彼は「開拓」「創作」の二本柱を理想として掲げ、他人に頼らず、「自学自習」の精神を善しとした。さらに清く、明るく、直き心を持てと、人間の内面性にも言及している。これらを総称して「五中精神」と呼ばれ、彼が学校長を辞してからも、脈々として生き続けたのであった。

伊藤は入学式で新入生に次のように述べている。

「この学校には理想はあっても原則はない。君たちは小紳士だから自分で考え、自分で判断し、正しいと思う道を進みなさい」

彼の自由解放の精神は、学生服の上にも現れている。従来の窮屈な詰襟の制服を廃し、スーツとネクタイに改めた。この制服は、当時としては全く斬新的なものであった。

彼はまた帽子も黒の学生帽の代わりに丸型の帽子を考案したが、これは文部省（現・文部科学省）に認められず、やむなく従来の学生帽を継承した。校章は彼が愛する紫草を図案化したものであった。

伊藤はスポーツにも深い関心を寄せ、全員の協力を必要とするサッカーに着目し、その普及を図った。その結果、サッカーは五中の校技となり、昼休みにはサッカーボールが二つ三つと飛び交う盛況を見るに至った。

伊藤は一九三〇年永眠しているが、彼の胸像は学校の中庭に据えられ、先駆者の偉業をたたえたのであった。

三

入学式の当日、道夫と進は真新しい制服に身を包み、胸を張って校門を潜った。これから五年間、共に学べると思うと心が躍った。だが二人は別々のクラスに組み込まれていた。道夫はA組、進はB組である。

「残念だな。ここは組替えがないそうだから、ずっと一緒にはなれないよ」

進は失望の色を隠さなかった。

「仕方がないさ。その代わりサッカー部に入ろうよ。そうすれば毎日顔を合わせられるよ」

「そうだな。僕もサッカーをやりたいと思っていたからちょうどいい」

進は二つ返事で賛成した。

入学式は学校長の式辞、在校生代表の歓迎の言葉と、型のごとく終わり、担任の紹介に移った。

A組担任の布川は理科担当で中年の教師、B組の担任黒江は数学担当、若々しかった。

「数学担当か。いいような悪いような……」

進はちょっと苦笑いをした。

式後、全員それぞれのクラスに散らばったが、初めて見る顔ばかり、思い思いの席に座っていた。その時、通路を挟んで座っていた一人の少年が、「友達になろう」と進の肩を抱いた。「うん、なろう」

彼は思わずつられて応えてしまった。

よく見ると、その少年は色が浅黒く、かなり分厚い眼鏡をかけ、どことなく神経質そうな表情をしていた。

「僕の名前は平岩。君の名前は？」

「畑中だよ。よろしくな」

「僕は巣鴨から通っているんだ。君はどこからだ」

「麹町からだ。電車で四十五分かかるよ」

「ふうん、遠い所から来ているんだな」

話しているうちに、進はこの男なら気が合うのではないかと思うようになった。

程なく担任の黒江が現れた。背は低く小太りだが、眼光は鋭い。

「黒江です。これから五年間君たちの担任をするからよろしく。この学校は自由でのびのびした学校だから、君たちもすぐに馴染むだろう。私は五中の第二回卒業生だ。母校のよさが忘れられなくて、また舞い戻って来たんだよ。ついでだがサッカー部の部長もやっている。サッカーにも大いに親しんで貰いたい。ところで今日はこれでお終いだ。明日は時間割の発表があるからノートを忘れないように。それから学校に来たらズボンは履き替える。購買で売っているから買いなさい。これで終わるが、座席は身長順にしよう」

彼は席順を決めると教室を出て行った。

進はすかさずその後を追いかけた。

「先生、僕畑中です。サッカー部に入りたいんですが、A組の手塚君もです」

「ほほう、早速だな」

黒江は微笑を浮かべた。

「明日の放課後部会をやるから、部室に来なさい。部室はプールの横の小さな部屋だよ」

彼はそう言い残すと去って行った。

翌日、二人はサッカー部の部室に顔を出した。

「新入生だろう、入れよ」

上級生が気軽に声を掛けてくれる。十人ほどの部員が屯していたが、皆明るく、元気いっぱいな表情だ。

「よろしく」

二人は部屋の隅に腰を下ろした。

やがて部長の黒江が姿を見せた。

「明日から練習開始だ。今年は全国大会が八月に東京である。メンバーが揃っているから参加しよう。そのための強化合宿を、夏休みに入ったらすぐに、長野県菅平《すがだいら》高原で十日間行う。全員参加だ」

　そこまで一気にしゃべると、「一年生。自己紹介をしなさい」と、二人に視線を向けた。

「手塚です」

「畑中です」

「よろしい。先輩たちに教わって、しっかりやるんだぞ」

　そう言いながら黒江は立ち上がっていた。

　練習は放課後三時から五時までと決まっている。専任の監督はいない。卒業生で大学生の誰かが、コーチとして招かれていた。

「大和村《やまと》一周だ」

　コーチの一言で、高級住宅が立ち並ぶ大和村のランニングから練習が始まる。その後は大きな輪を作って、ボールを蹴り合う。

「一年生ちょっと来い」

　コーチの村山が二人を呼んだ。

「ボールの蹴り方を教えてやる。いいか、右足で蹴る時は、左足をボールの真横に置く。そうしないとボールは飛ばないぞ。足の甲で蹴るのがインステップキック、足の内側で蹴るのがインサイドキックだ。あとは爪先で蹴るトオキックだ。インサイドからやってみろよ」

二人は金網に向かって、ボールを力いっぱい蹴った。

「ふん、もうすこし腰を入れて全身で蹴ろ。そうだ。二人で練習しろよ」

彼は言い残すとその場を離れた。

二時間の練習は瞬く間に終わった。

「なんとかやれそうだな」

「うん、大丈夫さ」

二人は声を掛け合い校門を後にした。


勉強にサッカーにと明け暮れているうち、一学期は終わりを迎えた。この学校の成績通知表は、テストの結果を元にして、四から十の七段階に分かれている。四には赤丸、五には赤座布団と称し、赤線が引かれる。この二つが警戒信号である。

進は苦手の数学が七なのにはほっとした。あとはまずまずといったところ、道夫は恐らくオール十だろうと彼に尋ねた。

「うんまあね」

道夫は自信の程を示した。

「明後日から合宿だな。上野駅九時集合だよ」

「楽しみだな。遅れないようにしようぜ」

二人は勇み立っていた。

四

標高千四百メートル、高原の朝の大気はどこまでも澄み渡り、爽やかだった。合宿の一日は、朝食の前のランニングから始まる。

「牧場まで走るぞ。五年生が先頭、あとは学年順に並べ。いいか、行くぞ」

キャプテンの笛を合図に走りだした。

五年生と一年生とでは、体力に大きな差がある。道夫も進も、付いてゆくのが精いっぱい、坂を登りまた下る。牧場に辿り着いた時には、草の上に転がってしまった。

だが搾りたての牛乳を飲みながら眺める北アルプス連山の絶景には、すっかり見惚れてしまった。

「日本にもこんな素晴らしい所があるんだ。あの槍ヶ岳にも一度登ってみたいな」

「うん。この頃は女の人でも登るそうだよ」

「ところで僕は四年生になったら海軍兵学校を受験して、海軍軍人になるつもりだ。君はどうする」

道夫は急に話題を転じた。

「僕はまだ解らないな。お父さんのように外交官にでもなるか」

「うん、それがいい。軍人と外交官、いい取り合わせだ」

道夫は満足そうだった。

「帰るぞ」

キャプテンの一言に、二人は慌てて立ち上がった。

グラウンドは早稲田ラグビー部の所有だが、公式戦ができるほど広い。大会に備えてのことだから、レギュラーは実戦形式の練習、補欠は基礎練習に終始していた。だが間にランニングの競争が行われた。二人一組で、グラウンドを一周するのだ。

「一年坊主、二人で走れ」

コーチの指示で、道夫と進はスタートラインに立った。二人とも脚には自信があった。かなりの速さで並走していたが、進は最後の直線で道夫を抜き去りゴールに飛び込んだ。

「ようし、二人とも合格だ。なかなかいいぞ」

コーチの一言に二人はほっとしたが、見守っていた黒江は満足したのか、表情を緩めていた。

十日間の合宿はあっという間に終わり、一同校歌を歌ってから山に別れを告げた。

八月の炎天下、東京、東大グラウンドでは、サッカーの全国大会が繰り広げられていた。合宿練習の効果があってか、五中チームは順当に勝ち上がり、準決勝で大阪の強豪明星商業と対戦した。試合は一進一退、互角だったが、後半僅かな隙をつかれ、明星のエースMにゴールを割られ、一点の僅差で敗退した。

「残念だったな」

「三年生になったら、低学年の大会があるから、そこで頑張ろう」

道夫と進は涙に暮れる選手たちを見つめていた。

二学期が始まり、中間テストも終わった或る日、進は黒江から、職員室に来るように言われた。

「何事」と職員室に入ったが、黒江が厳しい表情で控えている。「これはまずい」と思ったがもう遅い。

「お前、これは一体なんだ」

彼はテスト用紙を進の目の前につきつけた。見ると三〇点である。

「これでは落第点だぞ。お前のランニングはなかなかよい。だがそれだけでは駄目なんだ。学生スポーツは、勉強と運動が両立していなければならん。日本は南米のように、プロサッカーがある国ではないんだ。しっかり勉強して、上の学校へゆくことを考えろ」

鋭い眼光で睨まれ、進は体が震え、つい鼻水が垂れてきた。

「なんだ、お前風邪をひいているんか」

「いいえ。怖くて鼻水が出てきたんです」

「はっはっは。怖いと鼻水が出るんか」

黒江は笑いだしていた。

「もうよい。鼻水を拭いて帰れ。またこんな点をとったら退部させるぞ」

「はい」

進はハンカチで鼻を拭き、ほうほうの体で職員室を飛び出した。

教室に戻ると、級友の平岩が近付いて声を掛けた。

「どうしたんだ。変な顔をしてるじゃあないか」

「うん、黒江先生に数学の点でひどく叱られたんだ」

「何点だったんだ」

「三〇点さ」

「それはちょっと悪いな。期末テストで頑張れよ」

「うん、それしかない。ところで来週、靖国神社で集会があるだろ。その帰りに僕の家に来ないか」

「うん行くよ」

平岩はあっさり応じた。

靖国神社から進の家までは、徒歩で十五分ほどかかる。三番町への坂を下り、イギリス大使館の前を通って、進の家に近付いた時だった。

「俺、こんな大きな家に入ったことがないから帰るよ」

平岩はくるりと背を向けた。

「馬鹿なことを言うな。大したことはない。すぐに慣れるさ」

平岩はしぶしぶ進の後に付いてきた。進は彼がこれほど神経質な男だとは思っていなかった。

確かに進の家は、傍目から見れば大きな構えだった。彼の父、賢一は生粋の外務官僚だが、本省の要職にあった時、今まで住んでいたぼろ家を壊し、そこに立派な住まいを設けた。

家は三階建て、一階は応接間、書斎、食堂だが、二階は家族の部屋が並び、三階は屋根裏を生かしての物置だった。

「こんな立派な家を建てたのも、お前たちがどんな所に行っても驚かないようにするためだ」

賢一はよく子供たちにそう話していたが、本心がどこにあるのか、進にはよくわからなかった。

それはともかく、賢一は無任所公使としてヨーロッパ、中南米を視察したあと、進が中学に入った頃、オーストラリア公使として赴任した。母の富枝もいずれ海を渡る予定になっていた。

一方、進は黒江の叱責が薬になって、期末テストの数学にはまずまずの点を貰い、彼をほっとさせた。

冬休みの寒中三日間、寒稽古が年中行事であった。剣道、柔道に分かれての全員参加だが、サッカー部は別枠、屋外灯の下での練習だった。

進は早朝五時に家を出て、始発電車で学校へ向かった。道夫も元気な顔を見せている。二人は寒さを忘れ、ボールを追っていた。

短い三学期は事無く経過し、最後の一日、黒江が厳しい表情で教室に入って来た。進は何かあるな、と直感した。

「今日で一年生の授業を終わる。君たちはめでたく二年生になるが、一つ残念なことを話さねばならない。それはこの学年から原級留め置き、つまり落第生が出たことだ。五中には原級留め置きの制度があるが、今までに、それに該当する生徒はいなかった。この歴史に傷がついたのだ。真に残念なことだ。B組には関係ないが、他人事ではないぞ。二年生になってからも、気を引き締めて勉強しなさい」

黒江は表情も変えず、成績通知書を一人一人に渡すと教室を出て行った。

五

進たちが二年生になった四月の入学式、入場してきた新一年生が、スーツにネクタイ姿でないのに、進は我が目を疑った。全員、冴えないカーキ色の軍服のようなものを着込んでいる。

「どうしたんだ。制服が変わったのか」

彼は隣に座っている平岩に囁いた。

「そうなんだ。今年から中学生は、あの服を着るようになったそうだ。軍国主義の表れさ」

平岩は仔細ありげに応えた。

昭和一二年（一九三七年）に始まった日中戦争は、当初の不拡大方針から拡大に転じ、日本軍は首都南京を制圧、国民党を率いる蔣介石は重慶に逃れ、中国共産党と合作、アメリカの支援を受け、徹底抗戦を叫ぶに至った。日本政府は南京に傀儡政権を樹立したが、広大な中国大陸全土を制圧できず、戦局は膠着状態となった。

こうした状態を背景に、第１次近衛内閣で文部大臣となった荒木貞夫陸軍大将は、教育界に軍国主義を取り入れ、促進させた。具体的には、従来脱帽しての礼を、軍隊式の挙手の礼に変えさせ、中学、高校に、軍事教練を正科とした。

そのため各学校には、現役、または予備役の陸軍将校が配属され、監督に当たった。

一方、対立するアメリカとの間で、昭和一六年（一九四一年）の四月より日米交渉が始まり、国民の注目を集めた。サッカー部の部室でも、この問題が話題となった。

「おい畑中、お前アメリカと戦争になると思うか」

キャプテンの青木が遠慮なくぶつけてきた。

「解りませんよ。ならないんじゃあないですか」

「そうか。俺は話が長引いたら戦争になると思う」

「そうなったら大変ですね。勝てるんでしょうか」

「お前、勝てるんでしょうかなんて駄目だぞ。勝つんだ。俺たちもぼやぼやしていられない」

青木は愉快そうに笑った。

日米交渉が延々と続く中、一学期は無事に終わった。問題の軍事教練には、軍隊経験のある人物が教官として当たり、軍隊教練さながらであった。

「平岩、お前の気をつけは出来ていない。気をつけの時は、目の玉が動いてはならんのだ。お前の目は動いている。やり直しだ」

「はい」

彼は素直に従った。

教練が終わってから、平岩は不興げに顔をしかめた。

「兵隊ごっこは面白くないな」

「うん。だが仕方ないさ。ご時勢だよ。反抗したら殴られるぞ」

進は笑っていた。

人当たりのよい進は、クラスの誰とも話ができたが、また一人親しい友人が現れた。安川と名乗るその生徒は、背も高く、体つきもしっかりしていて、剣道部に属していた。浅草生まれの浅草育ち、生粋の江戸っ子である。平岩とは違い、どちらかと言えば暢気者だった。

江戸っ子は「ひ」と「し」の発音が逆になる。「朝日新聞」を「朝しひん聞」としか言えない。英語の発音にもその癖が出て、英語担当の橋本を困らせていたが、最後は苦笑して諦める他なかった。

「君は山の手育ちだろ。下町のことは知らないだろうから、そのうちに案内してやるよ」

「その前に一度僕の家に来いよ」

「ああ、行くよ」

安川はあっさり乗ってきた。

安川が進の家を訪ねたのは、それから間もなくであった。

「立派な家だな」

そう言いながら、彼は臆することもなく、辺りを見回している。進は彼の鷹揚さが気に入り、二人の友情は少しずつ膨らんでいった。

二学期に入ってのことだが、サッカー部の部室は、いつになくざわついていた。それというのは、十月に催される三年生以下の大会に備え、新チームが結成されたからだった。もともと三年生の部員は二名しかいない。そのため、日頃サッカーに興味を持っている三年生たちの中から九名選び、俄作りのチームを誕生させた。

練習に次ぐ練習を繰り返したが、「今年のチームは、あまり期待が持てそうもないな」と、キャプテンの青木は不安げだった。

大会は青山師範のグラウンドで行われたが、青木の予想通り、一回戦で脆くも敗退してしまった。

「こんなことなら、二年坊主を使えばよかったな」

青木は戦いを振り返り苦笑した。

「残念だったな。来年は俺たちの番だぞ」

道夫は意気込んでいた。

「うん、頑張ろう。来年は一学期からチームを編成し、夏休みから練習に入るんだ。今年はチーム作りが遅かったよ」

進も抱負を語った。

六

延々と続いた日米交渉は、大詰めを迎えていた。七月、日本軍が仏領印度シナに進駐したのをきっかけに、アメリカは対日輸出禁止を決定、さらに日本軍の中国大陸からの全面撤退を要求した。日本側はこれを受け入れず、交渉は決裂した。かくして運命の日、一二月八日を迎えたのであった。

「帝国海軍は、西太平洋において、米国と戦闘状態に入れり」

その日のラジオ放送は、事実を簡単に伝えた。

「とうとう戦争になったか。青木キャプテンの言葉は正しかった」

そう言うものの、進には戦争の実感が湧いてこなかった。どこか遠い所で戦争が行われている、そうとしか思えなかった。

朝の教室は、戦争の話で持ち切りだった。だが張り詰めたような緊張感はなかった。

朝礼に現れた黒江の表情にも変わりはない。

「とうとう戦争が始まった。国のために力を合わさねばならんぞ。だが君たちは今までのように、学業に励んでいればよいのだ」

彼は一言訓示すると教室を出て行った。

翌日の新聞は、日本海軍の特殊潜航艇が、ハワイの真珠湾を奇襲攻撃したことを大々的に伝えた。大戦果を挙げたと報ずる一方、横山中佐を始め、命を賭した三名の英雄を、軍神として賛美した。しかしアメリカはこれを逆手に取った。日本のやり方はフェアではないと弾じ、「真珠湾を忘れるな」の合言葉を掲げ、対日戦意高揚を図った。

年が替わり春三月、黒江に召集令状が届いた。軍務に服さねばならない。

「君たちを五年間受け持つもりだったが、残念ながらできなくなった。お国のためだから仕方がない。あとは森先生が引き受けてくださる。先生の指導でしっかりやりなさい」

進にとって黒江は厳しかったが、いつも心にかけてくれた。それだけに黒江との別れは淋しかった。

黒江が教室を出たあと、進は彼の後を追いかけた。

「先生、元気でまた帰って来てください」

思いが言葉になった。

「有り難う。私もそのつもりでいるよ。君も元気でな。秋の大会では必ず勝てよ」

黒江の瞳には光るものがあった。

七

新年度が始まった。教室に現れた新担任の森は、四十格好のずんぐりした教師である。

「私が森です。よろしく。これから君たちの担任をしますが、授業は一週に一時間、公民を担当するだけです。用事があったら、三階の職員室に来なさい。名前と顔を覚えなければいけないな」

森は出席簿を取り上げていた。

分厚い眼鏡をかけた四角張った顔を、進は黒江のそれと比較していた。

「なんとなく暗いな」

彼の森に対する第一印象は、あまりよくなかった。

森が去ったあと、教室では彼のことが俎上にのぼった。

「森先生のことをどう思う」

進が平岩に質問の矢を向けた。

「そうだな、黒江先生と大分雰囲気が違うな」

「そうさ。あの先生は相当細かいぞ。ちょっとしたことでも、ぐずぐず言うんじゃあないか」

安川が横から口を出した。

「僕もそう思う。要注意だな」

進も同感した。

森の公民の授業は、道徳教育のようなものだった。「臣民の道」と題する教材をもとに、講話が繰り返された。生徒たちはただ聞くだけである。

「臣民とは天皇陛下の民ということです。君たちは日本の一員だが、天皇陛下の民と自覚を持つことが、何よりも大事です。個人のことは後回し、個人より国家、国家より天皇を第一とすべきです」

こうした内容の話が毎度続く。その上、森は訥弁であった。

進にとって、森の授業は全く面白くない。右から左に抜けてしまう。それどころか眠気さえもよおしてきた。

或る日の公民の時間、進はうつらうつら居眠りをしていた。森の低い声は子守唄だった。そのうち、人の気配を感じ、はっと目を覚ましたが、傍らには森が立っていた。

「君は居眠りをしているじゃあないですか。学習態度がよくないですね。改めなさい」

彼は一睨みしてから教壇に戻って行った。

居眠りをする方が悪いのは進にも解っていたが、森との距離が、一層開いてゆくのを感ぜずにいられなかった。

新年度を迎えたサッカー部には新入部員もなく、相変わらずのこぢんまりした世帯であった。戦場に赴いた部長の黒江の後は、空席のままだったが、新しいキャプテンにはキーパーの福沢が選ばれた。背も高く、動作も機敏な彼は、三年の時からキーパーの地位に座っていた。それだけではない、成績も優秀で、常にクラスの一、二番を競っていた。

「福沢は学生スポーツの手本だ」

彼は黒江の秘蔵っ子だった。

道夫も進も、福沢に期待を寄せていた。

「キャプテン、今年の低学年チームは、できるだけ早く作って練習に入りたいんです」

「解った。去年はちょっと遅かったよな。部員は三人だけだから、あと八人、なんとかしよう」

早速彼は、昼休みにサッカーに興じている連中の中から目ぼしい者を選び、誘いをかけた。

程なくチームは結成されたが、平岩と安川はその一員だった。

放課後、福沢の指導の元、練習開始、チームの要は道夫だが、豊富な運動量を誇る彼は、ハーフバックのセンターのポジションが与えられた。彼の仕事は、適切なパスを前線のフォワードに送ることと、相手の攻撃を防ぐことだ。進は俊足を認められ、フォワード最右翼、ライトウイングのポジションを任される。外側からボールを持ち込み、中央にクロスボールを上げ、ゴールを決めさせる。これが第一の役割であった。

長身の安川はゴールキーパーを、突破力のある平岩はフォワードのセンターを受け持たされた。

練習は基本練習から始まり、次第に実戦形式の連係プレーへと移っていった。

一学期が終わりになる頃、平岩が弱音を吐き出した。

「俺、練習がきついからやめさせてもらおうと思う」

「馬鹿なことを言うなよ。ここまで来て挫けるんじゃあ男じゃあないぞ」

進に一喝され、彼は気を取り直し、練習に励んでいた。

八

二学期も半ば、初秋の頃、サッカー大会を迎えた。

五中チームは順当に勝ち上がり、宿敵青山師範と、優勝をかけての一戦となった。

師範学校は高等小学校を卒業して進学する者も多く、年齢が一つ二つ上、それに技術も優れている難敵であった。

打倒青山の意気に燃える五中チームは、キックオフから怒濤のように敵陣へ攻め込んだ。道夫は的確なパスを両サイドに繰り出し、進はそれを受けて、中央にクロスボールを上げたが、今一つ決め手を欠いていた。

戦局は一進一退、そのまま前半を終わった。

後半、青山は底力を見せつけた。ボールは常に五中陣営を回っていた。五中バックスは防戦に暇《いとま》がなかった。だがその中からチャンスが生まれた。逆襲である。ボールが左ウイングの田口に渡り、彼は巧みな球さばきでガードを躱し、絶好のクロスを上げた。走り込んできた平岩が、ジャンプ一番、上手く頭で合わせた。ボールは相手キーパーの逆をつき、ゴールの右隅を割っていた。

「やったあ」

応援席から歓声が湧き上がり、校章旗が振られた。

後れをとった青山は猛攻に転じた。

ゴールポストの脇で全軍を指揮していたキャプテンの福沢が、「フォワードは後ろへ戻れ！」と怒鳴った。全員でゴールを守れとの指示だ。十一人は自陣ゴールの前に人垣を作った。

タイムアップの時間が刻々迫っていた。やがて試合終了のホイッスルが、青空に高く強く響き渡った。

「勝ったぞ」

道夫と進は抱き合った。決勝点を挙げた平岩は、肩を叩かれ祝福を受けている。感激した彼は、笑いと涙を交錯させていた。

「これで黒江先生に顔を合わせられるぞ」

進は勝者に相応しい輝く笑顔であった。

九

大会が終わってから一週間ほどしたある日、道夫が部室に姿を現さなかった。

「珍しいな」

念のため進はA組の教室に足を運んだ。

「手塚はいないの……」

「彼は今日欠席だよ」

簡単な答えが返ってきた。

道夫は小学六年間皆勤、中学に入ってからも、その記録は続いていた。それだけに余程のことがない限り、彼が休むことはないと、進は決め込んでいた。だが二日たっても、三日たっても道夫は姿を見せなかった。

「これはおかしい」

不安が胸をよぎり、進はその夜、道夫の家に電話をかけた。

「道夫は慶応病院に入院しているの。ちょっと難しい病気らしいの。あなたに会いたいと言っているから来てちょうだい。内科病棟よ」

母幸子の声は沈んでいた。

「解りました。明日放課後参ります」

翌日、進は病院に急いだ。

内科三一〇号室に、道夫は横たわっていた。

「どうした」

進は親友の手を握った。

「うん、やられたよ。時々頭がひどく痛むんだ」

「そうか。大会の疲れが出たのかもしれないぞ。しっかり養生して元気になってくれ。また一緒にボールを蹴ろう」

「うん、俺もそう思ってる」

道夫は微笑を浮かべた。だがその笑いには、なんとなく力がなかった。

三十分ほど学校の話をしてから、進は再会を約し、病室を去った。

「おば様、道夫君の病状はどうなんですか」

途中まで送ってきた道夫の母に、彼は率直に尋ねた。

「結核菌が頭に入ったらしいの。お薬で防げると思うけど……」

「そんな病気があるんですか」

進は道夫が「頭が痛い」と漏らしていたのを思い出していた。

その日から進は三回道夫を見舞っている。その都度、道夫は大いに喜んだが、症状が好転している兆しは見られなかった。

「これでは長期戦になるかもしれないな」

進は密かに案じていた。

道夫の訃報が伝えられたのは、初冬の冷たい雨がそぼ降る夜であった。

「道夫の状態が急変して亡くなりました。遺体はもう信濃町に戻っています」

取り乱さぬ母幸子の報せに進は仰天した。

「道夫が死んでしまった。もう彼はこの世にいないのだ。そんなことがあって良いのだろうか」

彼は取るものも取りあえず信濃町に走った。冷たい雨が彼の心を一層暗くした。

道夫は奥の間に、静かに仰臥していた。安らかな表情であった。

「道夫……」

一声呼びかけると後は絶句し、溢れる涙を留めることができなかった。

傍らには道夫の両親がじっと見守っていた。進は涙を拭い、「残念です」と二人に頭を下げ、また泣いた。

「いやいや、長いこと道夫と親しくしていただき有り難うございました。あの子は今神様の懐に抱かれております。私たちは喜んで、道夫を神様の許にお返しいたします」

父和雄の穏やかな一言一言に、進は驚き、疑念を抱かずにいられなかった。

両親とも、道夫には大きな期待を寄せていたに違いない。それだけに悲しみも一入《ひとしお》だったはずだ。悲しい時には、悲しいと言えばよいのではないか。二人は虚勢を張り、自分を偽っているのではないか。

だがそうは思うものの、二人の表情には嘘偽りのない確信に満たされていることを、進は見て取った。

道夫一家がキリスト教信者なのを、進は知らされていた。道夫はそのことについて多くを語らなかったが、今にして思えば、彼の積極さと明るさは、信仰に裏打ちされていたのだろう。両親もまた然りなのだ。

キリスト教とはいかなる宗教か、進は全く知らない。だが宗教がここまで人を支え、変えさせてしまうとは……。進はその不思議さに驚き、戸惑いをさえ覚えた。

翌日、道夫の葬儀が、四ツ谷駅に程近い聖イグナチオ教会で執り行われた。進はこの教会を、時折外から眺めていたが、一度も入ったことがなかった。一歩入った彼は、堂内の静寂がかもし出す厳粛さに襟を正した。一番後部の座席に腰を下ろしたが、道夫の棺は既に壇上に安置され、大勢の参加者が集まっていた。中には目頭を押さえる人もいたが、進はこれが自然の姿だと思った。

告別式は荘厳なオルガンの斎奏から始まり、やがて献花が告げられた。進は一茎の菊を手向け、親友との別れを惜しんだ。

それに先立ち、司祭が哀悼の言葉を述べたが、「すべてのことは神から始まり神に戻る」と結んだ。進はその一節を、未だ素直に受け入れることができなかった。

一〇

太平洋戦争は新しい局面を迎えようとしていた。ハワイ真珠湾の奇襲攻撃に続き、一九四二年五月、日本海軍の特殊潜航艇四隻が、オーストラリア、シドニー湾に侵入した。だが戦果は上がらず、四隻とも沈没し、操舵していた兵士の遺体は収容された。シドニー新聞はこれを大々的に報じ、「日本海軍の勇士たちが鉄の棺に乗って来た」と賛美した。シドニーの海軍司令官は、海軍葬を行い、遺骨は抑留中の進の父、賢一に引き渡された。

一方、優勢を誇った日本海軍は、同年六月、ミッドウェー沖の海戦で敗退を喫し、これが米軍の反転攻勢の切っ掛けとなった。

進の父、賢一は、その年の十月、遺骨と共に、アフリカ経由の交換船で帰国している。

横浜港に父を出迎えた進は、抑留中の父がやつれているのではないかと案じたが、かえって太っているのにはほっとした。

勇士たちの遺骨は一室に安置され、遺族と思われる人たちが、代わる代わる賢一と挨拶を交わしていた。皆、母親と思われる、中年の婦人たちであった。誰もが毅然とし、涙一つ見せないのに進は胸を打たれた。

翌日の新聞に、四勇士のことが大きく報道されたが、軍神と呼ばれてはいなかった。

「真珠湾を攻撃した人たちは軍神と仰がれたが、今回は何故だろう。命を懸けたことに変わりはないだろうに」

進はその理由が解らなかった。

賢一が帰国してから暫くした頃、彼は進と兄の博、姉の万里を居間に呼んだ。母の富枝も傍らに座っている。

「実は今日私は外務省に辞表を出してきた。それというのは、この戦争の前途は極めて危ない。早く停戦をしなければ大変なことになる。

先週、海軍省に行って話をしたが、『オーストラリアではミッドウェーの海戦は大勝利だ、これで戦局は我が方に有利になる、と大々的に報じている』と話したら、並み居る幹部たちが皆うつむいて沈痛な表情をしている。海軍は相当深刻に受け止めているようだ。連合艦隊長官の山本大将は先の読める人だ。恐らく早期停戦を考えているに違いない。私も同感だ。そのために私は平和運動をしようと思い立った。そのためには官職にあってはいけない。だから辞めたのだ。これから吉田茂さんたちと行動を共にする。

職を離れれば当然収入はなくなる。だが幸い我が家には蓄えがある。お前たちが学校へ行けないようにはしない。今まで通り、勉強を続けなさい。ただ一つ守って貰いたいのは、私が平和運動に加わっていることを、誰にも言わないで欲しい。どこからどんな邪魔が入るか、解らないからだ。いいな」

賢一はそこで一息入れた。

「はい、お父さん、よく解りました。絶対に口外はしません」

大学生の博がきっぱり答えた。

「進、万里、お前たちも大丈夫だな」彼は兄らしく念を押した。

二人はそれに応え、大きく肯いた。

「ところで進。二、三日前、お前の担任の先生が来られてな、学校でオーストラリアの話をして欲しいと頼まれたのだ。お前がご厄介になっているから、断るわけにはゆかない。

お引き受けしたからな。その際お前の成績の話も出たが、中の下とはあまり上等とは言えないな。上とは言わないが、せめて中の上くらいに入れよ」

正直なところ、進はサッカーに夢中になったり、小説を読み耽ったりして、あまり学業に熱を入れていなかった。

「人間の評価は、学校の成績だけでは決まらないが、学生の仕事は学業だからな」

「はいお父さん」

進は成績を知られまずいと思ったが、父も母も笑っているのにほっとした。

「白状しますが、僕は担任の先生とどうも肌が合わないんです」

「そうか、それは仕方ないが、先生はどこまでも先生だ。失礼なことがあってはならんよ」

賢一はどこまでも鷹揚だった。

大分前のことだったが、進は担任の森から職員室に来るよう言われたことがあった。何事と三階にある公民科教員の職員室に上がってみると、森ともう一人の教員和田が待ち受けていた。

森はいつものように、進の授業態度が悪いと難詰した上、成績に話が進んだ。

「この成績では、お父さんのような立派な外交官にはなれませんよ。私はその原因は友人にあると思いますね。安川君が君の足を引っ張っているんじゃあないですか」

「成績が上がらないのは、僕が勉強をしないからです。安川が悪いんじゃあありません」

進ははっきり抗弁した。

「そうですかね、私はそう思いませんよ。安川君が悪い所に連れて行ったじゃあありませんか」

眼鏡の奥で冷たい瞳が光っていた。

「ははあ、あのことだな」

彼には思いあたるところがあった。

ある日、安川が進に誘いをかけた。

「君は浅草を知らないだろう。僕はあそこで生まれたから、何でも知っているよ。一度案内しよう」

一日、二人は浅草に出掛け、国際劇場で映画を見た後、六区をぶらぶら歩いた。

「ここが浅草の看板だ。ついでに吉原を通ろう」

「吉原って遊郭だろ」

「そうだ。通るだけだからいいだろう」

間もなく二人は遊郭の中を歩いていた。途中、風呂からの帰りか、洗面器具を持った女と擦れ違ったが、安川がちょっと目で知らせた。

「あれがここの女さ」

「ふうん。大して綺麗でもないな」

「そうさ、あんなものさ」

安川はしたり顔だった。

吉原を抜け出て間もなく、誰かに後ろから呼び止められた。振り返ってみると、教員風の男が近付いてきた。

「君たちは今あそこから出て来ただろう」

男はその方角を指差した。

「あんな所に入ってはいかんよ。私は補導教員だ。学生証を持っているだろう。見せたまえ」

二人は渋々と学生証を提示した。

「五中だね」

彼は手帳に書き写した。それを二人に返しながら、「二度と行ってはいかん」と言い残し去って行った。

「まずい所で見つかったな。君に迷惑をかけて済まん」

安川は頭を下げた。

森はこの一件を指摘しているのだった。

進は憤然とした。

「安川はけっして悪い男ではありません。彼と縁を切るなんて考えられないことです。もう親友を悪く言うのはやめてください」

森が留めるのも聞かず、彼は職員室を飛び出していた。

教室に帰ると、安川を片隅に呼んだ。

「君、先生から何か言われたか」

「いや別に……」

「実は今、こうこう云々だった。はっきり言い切ってきたから、君もそうしてくれ」

「解った。だがあのことだけでは、ちょっと酷いな」

安川は顔を顰めていた。

進の父、賢一が、学校で講話をする日になった。彼は父が何を話すか、期待を持って迎えた。

賢一は冒頭、「オーストラリアには、日本の国民の数ほど羊がいます。オーストラリアは羊の国です」と前置きをし、その国の歴史、風土、民族性などを話した。

次いでシドニー湾に新入した四勇士のことに及んだ。

「シドニーの各新聞はこのことをいっせいに報じ、『日本軍の勇敢な兵士たちが鉄の棺に乗ってやってきた』と賞賛しました。シドニーの海軍司令官は、海軍葬を営み、これに応えました。これは異例なことです。敵も味方もありません。ただ人間同士があるのです。日本で言えば武士道でしょう。皆さんは日露戦争における、乃木大将とステッセル将軍との会見を知っているでしょう。旅順を攻略した乃木大将は、ステッセル将軍を温かな心で遇しました。昔から日本には武士道という美徳があります。今その美徳の影が薄くなっていますが、これを取り返したいものです」

さらに賢一はオーストラリアの政治体制に触れた。

「大きく見て、世界には二つの体制があります。その一つは、ぶんなぐっても力で国民を引っ張る体制、全体主義です。物事を決めるには、この制度は速いのです。一方、民主主義という制度があります。これは国民の意志、世論によって方向が決定される制度です。この制度では、物事を決めるのに時間がかかります。オーストラリアは後者の制度なのです。どちらが良いのか、それは皆さんが考えてくださることです」

最後に賢一は、オーストラリアの総理大臣カーティン氏のことを語った。

「ジョン・カーティン氏は、私がオーストラリアに行ってすぐ親しくなった人です。その時から総理大臣でした。彼の父は平凡な警察官、経済的に豊かな家庭に育ったわけではありません。彼は苦学して大学を卒業、その後政界に入りました。労働党に属したのです。そこで地道な活動をしているうち、皆に推されて党首になります。彼は自分からしゃしゃり出たのではありません。あなたでなければ駄目だ、と推されたのです。実に謙虚な人物でした。私は彼が存在する限り、またオーストラリアに行きたいと思っています。皆さんも俺が俺がではなく、周りの多くの人々から推される人物になってください」

講話はこれで終わり、拍手の中を賢一は退場した。

「やはり父は立派な話をしてくれた」

進はほっとした。

放課後、サッカー部の部室で、キャプテンの福沢が進に声を掛けた。

「君のお父さんは良い話をしてくれたね。だが僕は皆に推されてキャプテンになったのだろうかな」

彼は生真面目な顔をしていた。

「勿論全員から推されていますよ。先生はそのことを知っているから指名したんです。それは間違いありません」

「そうかな、それならいいけれどな。人は推薦されるような人物にならなければいけないんだ」

福沢の表情は和んでいた。

年度が終わりに近付いた頃、安川が進に耳打ちした。

「おい、森先生が転勤するそうだぞ。故郷に帰るらしい」

「それは大ニュースだな」

二人は肯き合った。

安川の情報は間違いはなかった。

最後の授業のあと、森は簡単な挨拶をした。

「私は転勤しますので、君たちの担任はこの一年で終わります。あとは若い先生が引き受けられますから、その先生の指導に従ってください」

一言言い残し、彼は教壇を降りた。

型の通り離任式が終わり、森と学校の縁は切れた。

それから二、三日たった頃、学級委員の滝山が全員に報せた。

「森先生は明日の夜八時半の列車で、東京を離れるそうだ。見送りたい者は、八時までに上野駅に集まってくれ」

「おい、君は行くか」

安川が進の顔を覗きこんだ。

「ううん」

進は少し考え込んだが、「先生はどこまでも先生だ。失礼があってはならんよ」と悟した父の一言を思い出していた。

「僕は行くよ」

「そうか、僕は行かない」

安川はそっぽを向いた。

その夜、上野には十人ほどの仲間が集まっていた。

「たったこれだけか。じゃあ行こう」

滝山が先頭に立った。

森はリュックサックを背負い、片手にスーツケースを提げ、改札を待つ行列に並んでいた。「色々有り難うございました。お元気でご活躍ください」

進は丁寧に頭を下げた。

「はいはい。お父さんによろしく」

彼は相変わらず不愛想だった。

「これで責任を果たした」

進はさっぱりした気分で、上野駅を後にした。

二

昭和一八年（一九四三年）四月、新しい年度が始まった。新担任は、国語科担当の若い家田であった。彼には昨年国語を教えて貰っているから、馴染みであった。生徒たちともよく話し、授業中には雑談を交えるなど、気さくな人柄である。

四年生の古典の時間には、『平家物語』が課せられていた。二年で『太平記』、三年で『徒然草』と、既に古文には親しんでいたが、『平家物語』はまた一味違っていた。

「君たちは平家物語を単なる軍記物語と思ってはいけないよ。これは人生の書なんだ。最初に出てくる『諸行無常』、これだ。すべてのものは変転する、永遠のものは一つもない、という思想だね。仏教思想に裏打ちされた思想だが、人間一人一人に当てはまることだよ。次の『驕れる者久しからず』だ。ここでは平家を指しているが、万人共通だ」

家田の一言一言を、進はもっともだと思った。そして新風が学級に舞い込んできた、と思われてならなかった。

だがその月の半ば、大事件が起こった。それは山本五十六連合艦隊司令長官の戦死であった。この報道は、全国民に一大衝撃を与えた。

「また一つ悪い材料が増えた。大将には期待をしていたから、残念なことだ。搭乗していた軍用機が撃墜されたそうだから、敵は待ち伏せをしていたのだろう。また暗号を盗まれたかな。そうとすると海軍の大ミスだ」

賢一は下唇を噛んだ。

「和平運動もなかなか難しい。やはり天皇陛下の鶴の一声が欲しい。皇室を動かすことだな」

彼は語るともなく、傍らの妻に語った。

「それなら万里がピアノを教わっている幸田先生に、お願いしたらどうですか。先生は貞明皇太后様のピアノの先生です。皇太后様から陛下にお伝えいただけるでしょう」

富枝がすかさず進言した。

「そうだな。お願いしてみるか」

賢一は大いに乗り気だった。

話に上がった幸田延《のぶ》先生は、文豪幸田露伴の実妹、明治年間、第一回の音楽留学生としてアメリカに渡り、次いでドイツに赴き、ピアノ演奏について研鑽を重ねた。帰国後、演奏活動と共に幾多の子弟を教育されたが、貞明皇太后のピアノ師範として、皇室の出入りは自由の身分だった。

間をおかず、賢一は一軒おいた隣家の幸田邸を訪れ、現下の戦局、政治情勢をつぶさに話し、皇太后への上申を依頼した。

暫くして幸田先生が畑中家に現れ、「皇太后様によくよくお伝えして参りました。あのお方も、日本の将来を大変心配しておられましたから、必ず陛下にお話しくださると存じます」と報告した。

「幸い先生は音楽に長じておられるだけではない、頭の冴えた方だ。日本にもあのような女性が増えるのが望ましい」

賢一は感激し、感慨を込めて富枝に語っていた。

担任の家田は、時折生徒たちをハイキングに誘った。彼は教室の外で生徒たちと交わるのが、お互いの親交を深めると思っていた。東京の郊外、高尾山を始め、低い山を散策するのだが、或る時、歩きながら進に話しかけた。

「君のお父さんは、今どういうポストについておられるのかな」

「父はオーストラリアから外務省を退いて、今は何の職もありません」

「ほおう、それは勿体ないな。まだお若いだろ」

「ええ、でも日本の前途については考えていますから、何かやっていると思います」

進はそれ以上話さず、言葉を濁した。

「そうか。私も先のことを案じているが、山本艦隊長官は戦死したし、これが悪い切っ掛けにならなければよいがな」

そう言い終わると、家田は、爆音をたて上空を飛び去る軍用機に視線を走らせていた。

体育担当の山村は年も若く、いつもにこにこしていたが、顔の幅が広く、しかも色がまことに黒い。そこから誰言うとなく、「黒南瓜」との愛称がつけられていた。

この黒南瓜先生、時折体育そっちのけで、生徒を座らせ、講話をすることがある。

今日もその例に漏れず、進たちは芝生の上に胡坐をかいていた。

「今までは恋愛に国境なしと言ったが、私はそれは良くないと思う。現代のように国家第一の時代には、矢張り国境があると思うが、君たちはどう考えるかな」

誰か意見はないかと、ぐるりと見渡した。

平岩がすかさず手を上げた。

「先生、恋愛は個人間の問題ですから、国家の違いで左右されるのはおかしいと思いますよ」

「僕も賛成だな」進も相槌を打った。

「そうか、君はそう思うか。それも一つの考え方だが、私は国家を第一にすべきだと思う。だが色々な考えがあってよいだろうな。この学校には、一人一人が自由に意見を出し合える、素晴らしい校風がある。これは大事にしなければいかんよ。国あっての個人だが、個人あっての国家でもあるからな」

話好きの山村にも、やがて召集令状が届いた。

離任式に際し、山村は一言挨拶をし、学校を去って行った。

「私はこれから御国のために一仕事、二仕事してきます。君たちの出番はまだまだ先のことです。しっかり体を鍛え、勉学に励んでください。私はまたこの学校に帰ってきたいと思います」

「先生は国家主義者のように振る舞っていたが、本心はそうではないな。五中の校風を愛しているんだ」

進はそう思わずにはいられなかった。

山村の後任小谷は、大学を卒業したばかりの若者であった。彼は色白で、いつも穏やかな表情をしていた。柔道が専門だそうだが、これで柔道がとれるのかというような優男である。生徒とあまり年が違わないだけに、先生というより兄貴のような存在だった。それだけに生徒たちからも慕われていた。

「今日はキックボールをやろう」

小谷の指示で、進たちの学級は、グラウンドの一隅を陣取り、キックボールに興じていた。一方のコーナーでは、教官の奥津の指導で、下級生が教練の輪を作っている。

大いに興じているのはよいが、そのうち、斎藤という生徒が、誤ってボールを教練の輪に蹴り込んでしまった。奥津はそのボールを拾うと、片足で押さえつけ、「返してはやらんぞ」と、冷ややかな顔で睨んでいる。

小谷は「まずいな」といった表情で眺めているだけだ。

「斎藤。お前が蹴り込んだのだから、貰ってこいよ」

誰かが斎藤をけしかけたが、「怖くて行けねえよ」と尻込みするばかりだ。

「僕が貰ってくる」

進は悪い役を引き受けた。

彼は教練の輪の中に入り、奥津の前に進み出ると帽子を取って一礼した。

「先生すみません、ボールを蹴り込んでしまって」

「お前か、ボールを蹴ったのは。無礼だぞ。気をつけろ」

奥津は進に鋭い視線を投げた。

「はい、すみません。今後気をつけます。どうぞボールをお返しください」

進はまた頭を下げた。

「本来なら返してやらんところだ。仕方がない、返してやろう」

教官は一言吐き捨てると、ボールを足で蹴飛ばした。ボールはあらぬ方に飛んでいったが、誰かが拾いに走っている。

「蹴飛ばさなくてもよいのに!」

進は怒りがこみ上げてきた。だが教官と争ってはまずい。小谷が困るだけだ。思い直し、一礼すると、その場を走り去った。

「君に全部任せてしまって悪かったな。済まん。済まん」

小谷は何度も頭を下げた。

「いえ、いいんです。でも蹴り返すのは酷いですよ」

「そうだな。確かに酷いな。でも仕方がないよな。我慢しよう」

小谷は宥める役になっていた。

その小谷にも、やがて召集令状が舞い込んだ。彼は別れを惜しみつつ、学園を去った。

「山村先生も、小谷先生もいなくなった。この先はどうなるのだろう」進は不安の色を隠さなかった。

学校における軍国主義教育は、一層盛んであった。上級生になると、野外教練が課せられる。

夏も近付く頃、進たちは三八《さんぱち》式歩兵銃を担ぎ、富士山麓の陸軍板妻廠舎に赴いた。高原の大気はどこまでも澄み渡り、爽やかであった。

引率は、配属将校の直井少佐だ。彼はまだ年も若かろうに、額はかなり禿げ上がっている。時折冗談を言う気さくな男だった。

「今日は教練はないぞ。これから風呂に入って、あとは飯だ。風呂ではよく洗え。お前たちのきんたま真っ黒けだ」

直井は野卑な冗談を飛ばし、あはあはと笑った。

「また少佐殿が始まった」と生徒たちも笑顔である。

夕食には直井も食堂に出て来て、がつがつ食べている。

「どうだ、山の飯は美味いか」

そばの生徒に話し掛けた。

「はい美味いです」

「そうか、それはよかった。明日からしっかりしごくぞ」

そう言いながらにこにこしている。一向にしごくような雰囲気もない。

夜は毛布が一枚ずつ配られ、堅くて黴臭い畳にごろ寝である。

進は夜中に、何か虫が刺したのではないかと目が覚めたが、眠気が先立ち、また眠ってしまった。

「おい、昨日の夜、虫が刺さなかったか」

翌朝、安川に尋ねたが、「何も来ないよ。こんなに不潔だから、蚤ぐらいはいるだろう」

彼はとぼけた顔をしていた。

教練の中で、一番しんどいのは匍匐《ほふく》前進だ。体を地に伏して、右手で銃を持ち、左手と足の力で這って前進するのだ。五十メートルほど進んだところで、「突撃！」と直井が号令をかける。全員立ち上がり、訳のわからぬ歓声を上げながら、銃を両手に駆け出す。「突け！」第二の号令が飛んでくる。「えい！」「やあ！」掛け声を発し、銃を突き出す。

「どうだ。手ごたえがあっただろう」

「何もいませんよ」

誰かがまぜっかえした。

「馬鹿、いると思え」

少佐殿ははっはと笑った。

直井のおかげで、厳格なはずの教練は、平穏のうちに終わり、全員学校に引き揚げた。

菊の紋章の入った銃を磨いて武器庫に収め、あとは解散である。

その夜、進は三日ぶりの我が家のベッドに、思いっきり手足を伸ばした。

その週の休日のこと、進はふくらはぎの辺りを虫が刺したように感じ、急いで足をまくった。茶色っぽい虫が食いついている。そいつを潰して、富枝のところに持っていった。

「こんな虫がいましたよ」

「あら、それ蚤《のみ》ではないわね。富士山麓のお土産？」

富枝は不思議そうな顔をしている。

「何がどうした」

賢一が顔を出した。

「これは南京虫《ナンキンむし》だぞ。こいつが家中に蔓延したら大変だ。早く退治しよう」

姉の万里も現れ、進の部屋の虫探しを始めた。だがなかなか見つからない。

「おかしいな。ひょっとするとあそこかな」

賢一が、天井から下がっている西洋蚊帳の輪のところを指差した。

ベッドに上がり中を覗きこんだ進が叫んだ。

「いるいる。ここに居ますよ」

「そうだろう。万里、これが漬かるような盥《たらい》を持ってきなさい。進は湯を沸かして、バケツに入れてこい」

賢一の指示で運びこまれた盥に、満々と湯が満たされ、富枝は消毒薬を注いだ。はずされた蚊帳がどっぷりつけられると、悪者が数匹、その中でうごめいている。

「これでよかろう。一安心だ。やれやれ」

賢一はさっさと部屋を出て行った。

一家総出の虫退治が功を奏してか、その後南京虫は一匹も現れず、畑中家は平安を取り戻した。

さて開戦当初、フィリピン戦線で日本軍に敗れたアメリカ軍の司令官、ダグラス・マッカーサーは、「また戻って来る」と宣言し、オーストラリアに退却、戦力を整え、攻勢に転じた。彼は日本軍が占領する小さな島は無視し、重要拠点の攻略に移った。その最大の激戦地ガダルカナル島から、昭和十七年（一九四二年）十月、日本軍は撤退した。翌四月には、山本艦隊長官の戦死と、戦局は悪化の方向を辿った。これに伴い、一億総動員の名の下《もと》に、学徒動員令が発動され、文科系大学生は繰り上げ卒業の上、軍務に服することになった。進の兄、博も例外ではない。彼は経済学部の三年生、来春は卒業だったからだ。

家庭にあって、博は兄貴風を吹かし、大きな顔をしていたが、根は優しく、進には何かと声を掛けてくれた。

或る日、博が一冊の本を片手に、弟の部屋に入ってきた。

「お前、この本を読んだことがあるか」

「アナトール・フランス、『神々は渇く』か。この人知らないな」

「俺の好きなフランスの作家だ。この本は、フランス革命を舞台にした歴史小説だ。面白いから読んでみろよ」

「ふん、読んでみよう」

「お前は江戸川乱歩を読んでいるようだな。俺もたまには読んでみたい。一冊貸せよ」

そう言いながら書棚をあさっている。

「『怪人二十面相』か。これ面白いか」

「うん。名探偵明智小五郎が、ずばずば事件を解決してゆくよ」

「そうか」

博は一冊抜き出すと、部屋を出て行った。

博は音楽にもかなり精通していた。レコードを集めるのに余念がなく、ビクター愛好家協会から毎月レコードが届くと、「進、レコードを聴こう」と誘ってくれた。

蓄音機の蓋を開け、「お前バネを巻いてくれ」と下働きを命ずるのが、いつものことであった。

「この曲は『ツィゴイネルワイゼン』だ。ジプシー（ロマ民族）をテーマにした、サラサーテの名曲だぞ。演奏は神童といわれたメニューインだ」

博のおかげで、進は次第に音楽に親しむようになった。

博が入隊する日の夜、一家は東京駅に見送ったが、最初の改札口では、見送り人が一人しか入れない。進は兄の鞄を持ち、後ろから付いて行った。しかし次の改札口では、乗客しか通れない。

「じゃあな」

博は鞄を受け取ると、進の手をしっかり握った。

「体に気をつけて」

進はそれだけしか言えなかった。

博はゆっくり階段を上がり、踊り場まで来ると、くるりと振り向き、笑いながら手を振った。

進はそれにつられ右手を上げたが、彼の顔は歪んでいた。

「ああ、この兄にもう会えないかもしれない」

博の姿が群集の中に消えるのを見届けると、進は身を翻し、駅の構外に走り出た。丸ビルの前の広場には、街灯が灯っているものの、足元は薄暗い。帽子を目深に被り、両の拳を握り締めた進は、日比谷の都電停留場に向かって走り出した。悲しみがこみあげ、流れる涙を拭おうともせず、全力で走り続けていた。

一二

進の父、賢一は、生粋の外交官だったが、一風変わったところがあった。彼は土に親しむことを非常に好んだ。大学に進む時は、農学部にしようかと思ったそうだから、推して知るべしである。

進がまだ幼い頃、賢一はどこかに畑を求め、農業をしようと思い立った。

彼が目をつけたのは、東京から列車で二時間ほどの神奈川県真鶴町である。ここは温泉町湯河原に近いが、小さな港を抱える漁業の町であった。

町の顔役で魚屋の金森さんに相談したところ、「半島の方にいらしてはいけません。あそこには、まだ狼が出ます。私が探してあげましょう」と引き受けてくれた。

程なく金森さんから物件が一つ紹介されたが、一町歩ほどの畑である。値段はただ同然と言ってよいほど安い。それだけに駅から歩いて三十分、水道も電気もない畑地であった。

賢一はここが気に入り、早速購入し、そこに自分で設計した、小さな藁葺き屋根の家を建てた。部屋数は三部屋、その一間には囲炉裏が切ってあった。

賢一は暇な時には足を運び、不便な生活の中で、田舎暮らしを楽しんでいた。

進は小学生になった頃から、夏休みには真鶴生活をさせられた。母の富枝は都会育ちの故か、長いこと田舎暮らしをしようとはしない。その代わりに、富枝の故郷から手伝いにきていたお竹さんという人が、家事を仕切ってくれた。彼女は小まめな上、怪力の持ち主でもあった。五、六分ほどの所にある共同の水道から、満杯の桶を二つ、天秤棒でぶら下げて来る。

「お竹さん、重たいでしょう」と進が愛想を言うと、「いいえ。大したことはありませんよ」と済ましていた。

夜は電気がないから、石油ランプでの生活だ。ぼんやりした明かりの中で、本を読むこともできない。早めに蚊帳を吊って寝てしまうのが、毎夜のことであった。

石油ランプのガラス製の火屋《ほや》は、一晩灯すと、油煙で黒ずんでくる。これを雑巾で綺麗にするのが、進の仕事だった。その上、石油がなくなると町へ買いにやらされる。お竹さんが、「私が行きましょうか」と気を利かすが、「いや、これは進にやらせてください。博には風呂焚き、万里には皿洗いをさせます。あなたは飯を作ってくれればよい」

賢一は、ここが子供たちの鍛錬の場と心得ていた。

石油を買うため、町へ降りるのはよかったが、重たい一升瓶を下げて坂道を上がるのは、少年にとってかなりの労働だ。

「早く電灯がつかないかなあ」

進はそう思わずにいられなかった。

だが賢一も、この生活には少々閉口したのか、町が電線を延ばすのを機会に引き込んでもらい、藁葺きの家にも明かりが灯るようになった。ついでに水道も引かれ、一同はほっと胸を撫で下ろした。

その頃、鈴木と名乗る中年の夫婦が、「お宅の畑を貸してもらいたい」と申し出てきた。賢一は無償で貸し与え、その代わりに家の管理を委託した。鈴木はせっせと畑を耕し、豚を飼い、時には町へ降りて、日銭を稼いできた。

この家の一人っ子正は、町の高等小学校に通う、気立てのよい少年だった。正は進を実の弟のように可愛がったので、進も彼のことを「たあ坊」と呼んで慕っていた。

「坊ちゃん、泳ぎに行きましょう」

正はいつも進を誘ってくれた。

抜手を切って泳ぐ正の姿は素晴らしかった。進はまだ泳ぎが上手ではない。犬掻きがやっとのところだった。

「坊ちゃん、平泳ぎを教えてあげましょう。やってごらんなさい。ああそれでは手と足がばらばらだ。前へ進みませんよ。こうやるんです」

正は手本を示してくれた。

「ははあん、そうか」

見よう見まねで、進は平泳ぎを会得するようになり、水泳が一層楽しくなった。

正は卒業すると中国北東部の満州へ渡り、南満州鉄道株式会社、略して満鉄に勤め、鉄道事業に従事した。

「正が月給の一部を送ってくれるんですよ」

鈴木のおばさんが、嬉しそうに進に話した。

「正さんは親孝行ですね」

正の優しさが、彼をすっかり感心させていた。

だが進が中学一年の頃、思わぬ話を聞かされ、彼を愕然とさせた。

「正は肺結核にかかり、現地で亡くなったのです。死に目にも会えませんでした」

「立派な青年となって帰って来ると思っていたのに、あの優しいたあ坊がもうこの世にいないとは……」

進は胸がつぶれるほど悲しかった。


月日が過ぎ、中学四年の夏休み、進は平岩と安川を真鶴に誘った。

「ここはいいところだな。俺は浅草育ちで、全然こんな所を知らないんだ」

安川はすっかり惚れ込んでいた。

「あの島はなんと言うんだ」

「あれは初島だ。左手にぼんやり見えるのが大島、その右のが新島と利島だよ。右手の伊豆半島に見える赤い屋根が、ゴルフ場のある川奈ホテルだ。ずっと右に行って、あの町が有名な熱海さ」

「君はこんな所で夏を過ごせて幸せ者だな」

平岩が進の肩をぽんと叩いた。

「まあな」

彼はちょっと照れ笑いをした。

夜になると、平岩が青臭い人生論を持ち出した。

「俺は人生の問題は、自力で解決するのが正しいと思うが、君はどう思う」

「僕はそう思わないな。人間は弱い存在だから、行き詰まった時は、他力に頼らなければ駄目ではないかな」

進は、親友手塚道夫の両親のことを思い起こしていた。

「手塚の両親は、最愛の息子を失って、絶望したと思う。でも『道夫は神様のところにお返しします』と言い切って、毅然としていた。僕は最初虚勢を張っているのではないかと思ったが、そうではないんだ。他力への信仰が、あの方々を救ったと思う。あれから一年たって、僕は薄っすら解ってきたよ」

「そういう人たちはそれでいいんだ。だが俺は違う。どこまでも自力に懸ける」

「それはちょっと乱暴だな。君は誰からそんな影響を受けたんだ」

「親父さ。親父は書家だけど、ある大学で漢文を教えているんだ。禅宗信奉者だ」

「禅宗も宗教だろ」

「そうだが自力宗さ。どこまでも自力に生きるんだ」

「まあいいだろう。安川、君はどう思う」

進は安川に問いかけた。

「俺にはそんな難しいことは解らんな」

彼は独り夜景を楽しんでいた。

翌朝、早くから庭に出ていた安川が、「おいちょっと来い」と、中にいる二人を呼んだ。

「何だ。何だ」と飛び出してきた二人に、「あれを見ろよ」と指差した。

朝日を背後に受け、くっきり浮かび上がった大島の前を、巨大な軍艦が南に向かって進んでいた。

「やあ大きな軍艦だな。頼もしいじゃあないか。きっとどこかで海戦があるぞ」

進が感嘆の声を上げた。

「うん素晴らしい。だがミッドウェーで敗けた海軍だ。今度は勝って貰いたいな」

平岩は仔細ありげに呟いた。

三人は巨大な艦体が小さく小さく見えなくなるまで、その場に立ち尽くしていた。

賢一の和平運動がどこまで進んでいるか、それは解らなかった。

或る日、賢一が進を居間に呼んだ。

「この封書を吉田さんの所に届けてくれんか。ポストに入れると、検閲の網に引っかかるかもしれんからな」

「解りました」

進は封書を内ポケットに仕舞うと、我が家を後にした。

平河町の吉田茂邸は、急げば十分とかからない。彼は何か重大な使命を帯びたような気分になり、いつしか小走りに走っていた。

吉田邸の裏口で、家人に封書を手渡すと、また走って帰った。

「おう、早かったな。ご苦労。今度は小畑英良《ひでよし》中将の所に行って貰うかもしれないぞ。小畑さんは、和平内閣の首班におされている立派な方だ」

「いつでも行きますよ」

進は和平運動に一役買っていることが嬉しかった。

「ところでお前も最上級生になるな。来年は受験で忙しいだろう」

賢一は話題を転じた。

「ええそうですが、噂によると、五年生は工場に動員されるそうですよ」

進は耳にしたままを話した。

「なに、工場にか。それはいかんよ。お前たちのように体がまだ出来ていない者を、工場で働かせるのはよくない。どうも軍人は、頭が単純だから困る。戦争に負けたら、何もかも残らないと思っているんだ。そうではない。『国破れて山河あり』だ。必ず残る。その時はお前たちの出番だ。若者の前途を無視するのは、国家百年の計を考えないのと同じだ」

「でも動員がかかったら、行かないわけにはゆかないんでしょう」

「それはそうだな。まあ、あまり熱を入れないでやることだ。お前たちが仕事をしてみても大したものにはならんよ」

賢一の指摘は的を射ていた。

一三

進が賢一に話した噂は、現実のものとなった。

昭和一九年（一九四四年）の年の五月、中学五年生に動員令が下った。

動員先は、東京十条にある陸軍直轄の弾丸製造工場、陸軍第一造兵廠《ぞうへいしょう》であった。

勤務時間は朝八時から五時まで、休憩一時間を挟み工員同様である。当初、工場内で授業が行われるとの話もあったが、それは希望的観測に過ぎなかった。

朝は担任の家田を中心に、短い集会が開かれ、終わればそれぞれの持ち場に散って行く。

広大な敷地には、各種工場や、その他の建造物が所狭しと建てられていたが、進が配属されたのは、第一工場と呼ばれる旋盤工場であった。ここでは弾丸を製造する工具を作るのが、主な仕事だ。生徒たちは一人ずつ工員の指導を受け、旋盤の扱いを覚えていった。

進を指導する工員の平野は三十代、笑うと目尻にしわの寄る善良そうな男だった。

「いいですか。この枠と臼のような工具を、旋盤で削って作るんです。これが削るバイトね。これをこう、回っている工具に近づけて削るんですよ。寸法を間違えないようにすれば、そう難しい仕事ではありません。貴方ならすぐ覚えます。二、三日したら、実際にやってみてください」

平野の指導は、至って懇切、丁寧である。

彼は休み時間に、よく進に話し掛けた。

「貴方は来年高校に進学するんでしょう。いいですね。私はろくに学校にもゆかず、工員になってしまったけれど、今から思うと残念でなりませんよ。早々結婚して、小さな子もいますけど、その子には是非とも高等教育を受けさせてやるつもりです」

平野はやや寂しげに微笑した。

「それはいいことですね。そうさせて上げてください。なに、大したことではありませんよ」

進は慰めるような優しい言葉を返した。

程なく進は一台の旋盤をあてがわれ、教えられたように作業を始めた。旋盤のバイトは面白いように工具を削り、次々と製品が出来上がってゆくのは嬉しかった。だが一日立ち通しの単純労働は、疲労を蓄積させ時折集中を欠かせた。

或る日、製品を手にした平野が首を傾げた。

「これはちょっとおかしいな。ゲージを当ててごらんなさい」

長年の経験から生まれた勘である。

「やあ、二ミリ削りすぎています。しまったな。おしゃかを作ってしまってすみません」

進は帽子を脱ぎ、頭を掻いた。

「いやいいですよ。一つ二つおしゃかにしたって、大したことはありません。失敗は成功の元。気にしない。気にしない」

平野はどこまでも進に好意的だった。

正午になるとベルが鳴り、休憩、昼食である。食事は当番が工場内に運んでくるが、それが何ともいただけない代物だった。大概干し鰊と大根を煮たのが、所々剝がれた琺瑯《ほうろう》の皿に、米飯とともにべったり盛られる。

「おい、また鰊か」

安川が口をとがらせた。

「仕方がない。欲しがりません、勝つまではだ」

平岩が、盛んに唱えられる標語を、皮肉っぽく持ち出した。

「腹が減ったら戦はできないぞ。食べよう。食べよう」

進は美味しくない鰊をほおばっていた。

工場への通勤には、池袋発、赤羽行きの電車を利用する。朝の時間帯、都心に向かう車両は込み合っているが、逆方向はがら空きである。

その日も平岩と進は座席に腰をおろし、談笑しながら揺られていた。だが扉のところに立っている一人の軍人が、彼らに鋭い視線を注いでいるのには注意を払わなかった。

やがて軍人は、つかつかと二人の前に来ると、「立て」と、どすの利いた低い声で命令した。

「なぜ立つんですか。がら空きじゃあないですか」

平岩が反問した。

「立てと言ったら立て」

男は有無を言わせぬとばかり言い放った。

これ以上抗弁したら、ぶんなぐられかねない。二人は渋々立ち上がった。軍人はまた扉のところに戻り、じっと監視している。

「おい、あの男はいったい何だ」

平岩が囁いた。

「うん、階級は中尉だが、齢格好から見て、兵隊上がりの叩き上げだろう。ああいうのが、一番性質が悪いんだ」

「そうか。降りる時に、一泡吹かせてやろう」

進は相槌を打った。

やがて電車は十条駅に滑り込んだ。

扉が開いたところで、一呼吸と、二人は「ふん」と鼻先で冷笑を男に浴びせかけ、車両から飛び降りた。軍人は摑みかかろうとしたが、扉が横滑りに閉まってしまった。

「ざまあ見ろ」

「馬鹿野郎」

二人は悪口雑言を、去って行く電車に向かって投げかけていた。

「それにしてもこの大事な時期になって、軍人はなんであんなつまらぬことに目くじらを立てるんだろうな」

打って変わって、平岩は憮然としていた。

「その通りだ。このあいだ工場の近くを歩いていたら、敬礼の仕方が悪いと言って、やり直しをさせるんだ。あんな末梢的なことに拘るなんてどうかしてるよ」

進も疑問を投げかけた。

「もっとひどいのは、軍人が軍服の襟につけている階級章のことだ。君、気がついているか」

「うん知っているよ。あの襟章はもともと幅が狭いんだ。それが襟いっぱいに大きくしてあるじゃあないか。軍人の数は多いから、大変なお金と労力がかかっている。今頃大きくする必要はないよ」

「この間ここの親玉のなんとか中将というのが、金ぴかを光らして工場にやって来た。なまっ白い顔でほっぺたが馬鹿に赤いんだ。そいつが大きな顔をして、ふんぞり返っているんだ」

「あの人たちが戦争指導をするんだから、頼りないな。先行きが思いやられるよ」

こきおろしながら、二人はいつしか工場の門を潜っていた。

動員されてから一月もたたぬ頃、家田がやや厳しい表情で全員に告げた。

「来週から君たちは、一週間置きに夜勤に就くことになった」

「夜勤だって！　そんな経験はないよ」

「一晩中仕事をするなんて不自然だよ」

「一週間ぶっ通すなんて体にこたえるよ」

あちこちで不満の声が上がった。

「君たちの気持ちはよく解る。だが上からのお達しなのだ。この際仕方がない。昼間よく寝てくれ。自分で自分を守るほかないよ」

家田は宥める側に回った。

夜勤は夜の七時から朝の五時までだが、煌々と照らす電灯の下で、進はいつものように旋盤を回した。仕事は変わらないが、夜中に旋盤を動かす自分の姿が、異様に感じられてならなかった。

十二時には、昼食ならぬ夜食が運ばれる。相変わらず鰊と大根だ。

「夜中に飯を食べたことはないな」

「お腹の方がびっくりするんじゃあないか」

冗談を言い合いながら、食べるほかはなかった。

朝帰りの進は、朝食をすませた後、一休みしてからベッドに潜り込んだ。部屋のカーテンを引き暗くしたものの、夜のようにはならない。その上夏場に向かう折のこと、気温もかなり高くなっている。眠ることは眠ったが、熟睡したとは言えなかった。だが午後には起き上がり、夕食の後、また工場に赴く毎日であった。

週の終わりごろ、平野が心配そうに言葉をかけた。

「少しは夜勤に慣れましたか」

「いやいや。それでも次第に環境に順応するでしょう」

進は明るく答えた。

その最中、戦局は風雲急を告げるものがあった。その年、昭和一九年（一九四四年）の七月、日本軍の最前線重要拠点、サイパン島が陥落したのだった。このことは、国民に一大打撃を与えた。

工場の外壁に、「サイパン島陥落す」と大書した張り紙が張られたのも、これを裏書きしている。

間を置かず、工場長の宮原大佐は、全員を第一工場に集め、檄を飛ばした。

「サイパン島が米軍の手に落ちたのは一大事だ。しかし戦争はいよいよこれからだ。全員一層生産に尽くせ」

彼は最後に自作の短歌を朗詠し、壇上から降りた。

「生産に命捧ぐは、今ぞ今

遅れを取るな吾等同胞」

「味もそっけもない歌だな」

平岩が進に囁いた。

「同感だな」

進は応じた。

次いで学生代表と称し、Ｅ組の澤田が壇上に上がった。彼は、校内弁論大会の常連だった。

「我々学生も、一層生産に励む」

澤田は身振り手振りよろしく、決意表明をした。

「あいつも相変わらず好きだな。先生が指名したのだろう」

「そうだよ。でも女子作業員の中には、泣いているのもいたからまんざらでもないぞ」

二人は醒めた顔をしていた。

これで集会は終わり、一同はそれぞれの持ち場に散って行った。

酷暑の季節が終わる頃、ここ数日朝起きるたびに、進は気だるさを感じてならなかった。

試しに熱を計って見ると微熱がある。

「これはおかしい」

彼はこのことを母の富枝に漏らした。

「工場の労働が負担になっているんじゃあないの。少し休ませて貰ったらどうなの」

富枝は眉をひそめた。

「そのようにします」

その日、進は家田にこの件を申し出た。

「それはいかんな。それじゃあ君は僕のそばで、秘書になって貰おう」

技術班と呼ばれる建物の二階に、引率職員の控えの場所がある。その日から進は、そこで雑務をとることになった。

だだっ広い二階には、数名の職員が机を並べているが、奥の方には、同じく動員された実践女子専門学校の休憩場所があった。そこには十人ほどの女子生徒たちが出入りしていた。工場内では全く顔を合わせなかった彼女らに、図らずも進は間近で向かい合うことになった。

彼女たちは皆元気よく、明るさに満ちていた。進はその中の一人、円らな瞳の少女に目を留めた。小柄だが、色白で理知的な面立ちに彼は強く心を引かれた。

「愛らしい人だな。一度話してみたいものだ」

閉じていた進の青春の花が一気に開かれた。

暫くしてからのこと、家田から書類を工場に届けるように言われた進は、第一工場に赴いた。

工場の大扉は常に閉められ、出入りには扉に設けられた、小さな潜り扉が使われていた。進がその扉に手をかけようとした時、突然中からすうっと開かれ、円らな瞳の少女が姿を現した。

「あらご免なさい。驚かせてしまって」

急いでそばに避けた進の前に、少女はすっくと立っていた。

「あなたは畑中進さんですね」

胸につけた名札を素早く読み取っている。

「ええ、貴女は寺田陽子さんですか」

「そうです。私は元旦に生まれたものですから、陽子という名前を貰ったんですよ」

「ほおう、それは珍しいですね。貴女には技術班でお目にかかっているけれど、お話するのは初めて。またお会いしましょうよ」

長話をしてはどうかと進は工場の中に姿を消した。

それから二、三日たった或る日、家田が旋盤の配置図を進に渡した。

「これには各種の旋盤が雑多に並んでいるけれど、一目でわかるように色分けをしてくれないか」

「わかりました」

進は配置図を机の上に広げ、「さてどうしようか」と肘をつき、眺めていた。彼の腰は、当然通路の方に飛び出ている。

その時静かな足音が近付くと、誰かが腰にそっと触っていた。

「おや」と右手の方を見ると、寺田陽子が「私ですよ」と目で合図し、悪戯っぽく笑っている。進もちょっと笑い返し、再び図面に視線を落としたが、心は彼女の方に飛んでいた。

「あの人は僕に好意を持っている。一度ゆっくり話したい。でもここでは駄目だ。思い切って我が家に招いてみよう」

彼は密かに意を決した。

一四

次の日、外を歩いている寺田陽子を見かけた進は、走りよって声を掛けた。

「寺田さん、先日は失礼致しました。明後日はお休みですが、何か予定がおありですか」

「いいえ別に」

「それでは僕の家に遊びにいらっしゃいませんか。母にも会って戴きたいんです」

「ええ伺いますわ」

彼女は明るく二つ返事で応じた。

約束の日の午後、進は制服に身を固め、四ツ谷駅の改札口に立っていた。程なく現れた寺田陽子も制服を纏っている。その姿は一段と魅力的だった。

「まあ、ネクタイを締めていらっしゃるの。それ制服ですか」

「ええ。初代校長の伊藤先生の発案です。どうですか」

「洒落てますわね。それにお似合いよ」

「どうも有り難う。それじゃあ行きましょうか。電車通りを通れば早いんですが、それではつまらないから、回り道をしましょう」

「私お上りさんで、どこも知らないんですよ」

二人は通称四谷の土手に上がり、まだ青みを残している草の上に座った。

前面は、満々と水を湛えた堀である。そこには蓮が点々と浮かんでいた。

「春になると蓮の花が咲くんです。その時にはまた見に来てください」

「ええ是非」

寺田陽子は楽しそうに微笑んだ。

「堀の向こうに、電車の線路が通っているでしょ。四ツ谷から下りてきた電車が、左手のトンネルを潜って、赤坂見附に行くんです。夜には電車が明かりをつけているので、それが堀にきらきら映って風情がありますよ」

「まあ綺麗でしょうね」

「左の方に見えるのが赤坂離宮です。ベルサイユ宮殿に似せて造ったそうです」

「クラシックな建物ですね」

少女は目を細めた。

土手を下りた二人は、紀尾井坂の方に向かっていた。

「この辺りは紀尾井町と言いますが、江戸時代に紀伊徳川家、尾張徳川家、彦根井伊家の屋敷があったので、そう呼ばれているんです。これが紀尾井坂。かなり急でしょう。僕は子供の頃、向こうの坂を自転車で下りて来て、この坂を一気に上がったんです」

進はかなり饒舌だった。

「この坂を下りた所で、大久保利通が暗殺されました。大久保利通、ご存じでしょ」

「ええ勿論。明治維新の立役者でしょう」

「そう、あそこにある小さな公園が、彼の名にちなんで大久保公園と言います」

公園を一周した二人は、赤坂見附へと向かった。

「まあ、ここにも堀がありますわ。看板が立っていますよ。この堀の魚釣るべからずですって」

「昔、看板の前で釣りをしていた悪童がいたんですよ」

「それはあなたじゃあなくって?」

「ふふん、そうかもしれませんね」

進はちょっと照れ笑いをした。

「それよりあの豪邸をご覧ください。朝鮮の王様、李王の屋敷です。日韓併合で朝鮮から連れて来られ、なんとかの宮のお姫様と結婚して、あそこに住んでいるんです」

「お姫様は犠牲になったんですね。私ならはっきりお断りするわ」

「王様も犠牲になったんです」

二人は代わる代わる話しながら、いつしか進の家の前に立っていた。

進は彼女を応接間に案内してから、母の富枝を呼びに行った。

「まあ、よくいらっしゃいましたね」

愛想よく迎えた富枝に、寺田陽子は立ち上がって挨拶をした。

「実践の生徒さんは、地方から来ていらっしゃる方が多いけれど、あなたはどちらから?」

「新潟から参りました。本当は日本女子大か、東京女子大に行きたかったんですが、両親が女はいずれ家庭に入るんだから、実際的なことを学べ、と言われまして……」

「それはご両親のおっしゃることが正しいですよ。家の娘は女学校しか出ておりません。専門のことを学ばれるんですからお幸せよ。ゆっくりしていらっしゃい。お茶でもいれてきましょう」

富枝は席を立った。

「母にちょっとやられましたね」

「ええ、でもその通りです」

彼女は笑っていた。

「寺田さんは音楽がお好きですか」

進は話題を変えた。

「好きですよ。小さい時からピアノを習っていましたから」

「ほおう、バッハをお弾きになりました？」

「ええ、平均律を弾きましたよ。あの曲はやさしいようで難しいんです」

「それは素晴らしい。じゃあレコードを聴きましょうか」

進は用意しておいたレコードに針を下ろした。

「ブランデンブルク協奏曲です。僕はこの曲を聴いてバッハが好きになったんですよ」

「優雅な曲ですね」

二人は運ばれたお茶を味わいながら耳を傾けたが、終わってからは雑談に花が咲いた。

彼女の実家のこと、工場での仕事のことなど、尽きるところがなかった。

「もうそろそろお暇をしなくては……」

彼女が腕時計に目をやった。

「そうですね。暗くならないうちがいいな。電車の停留所までお送りしますよ」

見送りに出て来た富枝に挨拶をしてから、二人は家を後にした。

勝手知った裏道に差し掛かった時、寺田陽子が声を掛けた。

「今日は本当に楽しかったわ。東京に来てから一番楽しい日でした。これからは寺田ではなく、陽子と呼んでくださいね」

「はいはい、陽子さん」

二人は顔を見合わせ、満面の笑顔だった。

平河町の停留所には、人影がなかった。

「あの建物がドイツ大使館です。あそこに来るドイツ人は、皆同じように右手を掲げ、ハイルヒトラーと挨拶をするんですよ。あまりにも同じなので気味が悪くなります」

「ハイルヒトラーって、ヒトラー万歳ですか」

「ええ、そんなところでしょうね」

やがて三宅坂の方から、一台の電車が上がって来た。

「有り難うございます」

陽子はそっと進の手を握ってから、電車に乗り込んだ。すぐに座席に座ろうとせず、窓の所に寄り添って、微笑を浮かべながら軽く手を振っている。進も手を振り、それに応じた。

程なく電車は鈍い音を立てながら去って行った。

「もうお互いの心は通じ合っている」

初めての恋に、進は胸の高鳴るのを覚えずにいられなかった。

一五

サイパン島が陥落してから間もなく、米軍の長距離爆撃機B29一機が、毎夜、東京上空に侵入してくるようになった。その都度空襲警報のサイレンが鳴り響き、人々は明かりを消し、息を潜めた。

進はいつもカーテンの隙間から、爆音が近付く暗夜の上空を眺めていた。

地上からのサーチライトにくっきり照らし出された米軍機は、あたかも大きな鳥のようだった。爆撃をするわけでもない。ゆっくり東の方角に移動して行く。これを迎え撃つ日本軍の戦闘機は全く現れなかった。

「どうして毎晩やって来るのだろう」

進はその訳を賢一に尋ねた。

「偵察飛行だよ。大空襲をするための準備をしているのだ。彼らは何事も用意周到、計画を立てる。その点、日本陸軍とは違うな。出たとこ勝負は決してしない。いったん計画が出来たら一気にやってくる。話によると、焼夷弾という新兵器を作っているらしい。これを上空からばら撒く。地上に落ちると破裂し、火の玉が四方に飛び散るのだそうだ。日本の家屋は木と紙で出来ているから、焼いてしまえというのだろう。なかなか頭がいい」

「火事になったら消さなければいけませんね」

「いや、それは無理だ。東京の水圧は高くないから、何箇所かから水を大量に出したら止まってしまう。結局焼け野原になるだろうな」

賢一の見通しは極めて暗かった。

その最中、兄の博から賢一宛の手紙が届いた。

読み始めた賢一は顔を曇らせた。

「博がフィリピンに派遣されるそうだ。悪い所に行くな。マッカーサーはまた帰って来ると宣言したから、必ず米軍は攻撃する。万一のことがなければ良いのだが……。お前たちにもよろしくと書いてある」

賢一は手紙を進に渡した。

懐かしい兄の文字を追いながら、進は一年前、兄を東京駅に送った夜のことを思い出していた。

「もうこの兄にも会えないのではないだろうか」

その時抱いた恐れが、今現実のものとして迫ってくるように思われてならなかった。


進と陽子は、毎日技術班の二階で顔を合わせ、思いの込もった視線を取り交わしていた。時折偶然を装い、戸外での短い逢瀬を楽しんだ。

「陽子さん、そのうちに必ず空襲がありますよ。その時は上手に逃げてくださいね」

「ええ、私は大丈夫よ。兎年だから逃げ足は速いの。進さんは何年？」

「僕も兎です。脱兎のごとしだ」

「あら同い年なのね。私の方がお姉さんかと思っていたわ」

「いやいや。あなたは四年から進学したから、僕と同じです。僕は来年進学ですよ」

「どちらを受験なさるの」

「地方へは行きたくないから、慶応を受けるつもりです」

「それはいいわね。お互い別れなくてもすむから」

甘さの漂う言葉を交わし、目立たぬように手をとりあってから、左右に別れた。


その年も替わり、受験シーズンが近付いた頃、家田が進を部屋の片隅に呼んだ。

「受験のことだが、君は慶応一本でいいな。ご両親は了解だろうね」

「はい、了解しています。父は一高を出ただけに、国立校へ行って貰いたいらしいのですが、慶応は福沢諭吉の精神を引き継いでいる良い学校だから、お前が強く希望するならそれでよい、と言っています」

「そうか。都落ちをしないのなら、それでよい。平岩くんは一高と言っているが、ちょっと背伸びをしているんじゃあないかな」

家田は首を傾げた。

「彼は四年の時から、一高、一高と言っていましたから、やらせてください」

進は友人のために懇願した。

「うん、やらせてみよう。ところで他でもないが、君が実践の生徒と親しくしているとの噂があるけど、本当かね」

もう噂の種になっているのか、進は驚いたが、「話をすることはありますが、親しくはしていません」と事実を隠した。

「ふん、そうか。それならいいが、ここは陸軍直轄の工場だ。軍人は頭が固くて、物分かりが悪い。表面化して、とやかく言われたら厄介だ。気をつけ給えよ」

「はい、解りました」

進は神妙に応えた。

「話は違うが、君のお父さんは、この戦局をどうご覧になっているだろうね」

家田はまた話題を転じた。

「父は大変悲観的です。空襲は必至だが、東京には消防力がないから、丸焼けになると見ています。それに米軍はフィリピンを攻略し、次に沖縄にやって来る。ここが陥落すれば、本土は目と鼻の先だ。本土上陸作戦となったら大変なことだ。早く講和を結ばなければいけないが、これを正面きって主張したら、手が後ろに回る、とも言っています」

進はありのままを述べた。

「いや、私は絶対に口外はしないよ。実は私も先行きは大変危ない、と思っているんだ。

お父さんの見通しは正しいだろうな」

家田は憂鬱そうに顔を顰めた。

二月上旬、国立高校に早稲田、慶応を含めた一期校の受験日となった。

進は三田の試験会場に赴いたが筆記用具を持参とだけで、どの教科についてテストをするとの報せは受けていない。

「一年間全く勉強をしていないから、数学や英語をやらされたらひとたまりもないな」

彼は危惧を抱きながら試験教室に入った。

白紙の答案用紙が配られてから、彼は係員の説明に耳を傾けた。

「今日は次の問いについて、小論文を書いて貰います。時間は四五分です」

黒板に問題が大書された。

「近代日本史における一人物をあげ論述せよ」

進は「しめた」と思った。彼にとっては、最も得意とする分野だったからだ。

彼は江戸時代の先覚者伊能忠敬を取り上げ、その人物像と功績を論述し、時間内に提出して会場を後にした。

「今日のテストが簡略だったのは何故だろう。恐らく学業を放棄させられた学生たちへの配慮に相違ない。慶応独自の方針だったのかな。これでまず合格は間違いない」

彼は胸を張り、二月の寒風も心地よく感じていた。

二週間後、合否の発表で、進は合格を確認した。

意気揚々我が家に帰り、「受かりましたよ」と賢一と富枝に報告した。

「そうか」

「よかったわね」

そう言っただけで、二人とも取り澄ましている。

「なんだ、慶応ごときではそれほど驚かないのか」

進は何となく気が抜けてしまった。

翌日、工場に赴いた進は、第一工場の前に平岩が立っているのに気付き、駆け寄って声を掛けた。

「どうした、結果は」

「駄目だった。失敗だ」

平岩は悄然としていた。

「残念だったな。一年浪人しろよ」

「ううん、それも解らんな」

「二期校は外語専門か」

「それ以外にないな」

「とにかく落ち着いてから考えるんだな」

「うん」

平岩と別れ、技術班の二階に駆け上がった。

「よくやったな」

家田は笑顔で迎えてくれた。

「いえ、運がよかっただけです」

進はそうとしか言えなかった。

実践の生徒たちの中に陽子が「どうだった」という表情で立っている。言葉を掛けるわけにもゆかない。笑顔で「合格」と合図した。

「解ったわ」と、彼女は無言で小さく肯いた。

「早くどこかで話したい」

進は陽子への思慕が、一層募る思いだった。

一六

年が替わって昭和二〇年（一九四五年）から、米軍の偵察飛行がぴたりと止んでいた。空襲警報のサイレンが一度も鳴らない。嵐の前の静けさである。

「偵察飛行がなくなりましたね」

夜の食卓の話題になった。

「うん、計画が出来たのだろう。そのうちに来るぞ。覚悟しなければならないな」

予測しがたい空襲だけに不安が漂っていた。

果たせるかな、三月十日。夜半にサイレンが鳴り響いた。

「来たな。庭に出よう」


賢一に促され、家族一同庭へと向かった。

夜空には星が瞬いている。そのためか、外は全くの闇ではない。

暫くして進の鋭い耳は、彼方の爆音を捉えていた。

その時、突然東の空がぱっと明るくなったと見るや、それは急速に広がり、やがて夕焼けのように真っ赤に染まった。

「東だがどこだろう」

進は誰にともなく呟いた。

「これはだいぶ近いぞ」

賢一が察しをつけた。

「神田あたりでしょうかね」

富枝が不安げに尋ねた。

「いや、そこまで近くあるまい。神田だったらこちらも危ないぞ。様子を見よう」

一同は沈黙のまま、東の空を眺めていた。


突如頭上に爆音が聞こえ、進は振り仰いでみると、低空飛行のＢ29が一機また一機、規則的に闇の中から現れ、西の方に消えて行くのがはっきり見て取れた。

「やりたい放題にやられているではないか。だから戦争を早く止めなければならないと言ってきたんだ」

賢一は空を仰ぎ、舌打ちをした。

翌朝のラジオ放送は、東京の東部地区が空襲に遭ったとだけ報じた。

次の日、進は勤務についたが、工場はいつものように操業していた。二階に上がり、家田と言葉を交わした。

「隅田川の辺りが、相当やられたようですね」

「うん、そうだな。被害の様子は全く解っていないが、解っても公表はしないだろう。このご時勢だからな。あとは運がよいか悪いかの問題だよ」

家田はちょっと苦笑いを浮かべた。

陽子も元気な姿を現している。当然とは言え、進はほっとした。

その日の午後、二人は示し合わせたように、外の道で顔を合わせた。

「この次の空襲が、僕の所か陽子さんの所か解らないけれど、気をつけましょうよ」

「ええ、進さんもね。春になったらお訪ねできるのが楽しみだわ」

「是非。また四谷の土手に行きましょう。その頃には学帽が変わっているけれど、勤務は変わらないそうですよ」

「それを聞いて安心したわ」

短い言葉の中に、思いを込める二人だった。

二回目の空襲は、四月一五日の夜半であった。今回も進の家の辺りに、焼夷弾が落ちる気配がない。彼は二階の北側の窓から、外の様子をうかがっていた。

見ると、既に西北の方に火の手が上がっている。三月十日のように、空は赤く染まっていないが、炎は高く燃え盛り、東の方角に燃え広がっていった。

「この方角だと、小石川、池袋、渋谷辺りかな。渋谷とすると、陽子さんの学校のある所だ。恐らく上手に避難してくれただろう」

大火事になると風が巻き起こる。その風に乗って、トタン板や木片が飛んできた。既に燃え尽きているので、類焼の恐れはないが、その一つが屋根に当たり、激しい音を立てて落下した。

進は火の手を見ていると、恐ろしさの中に、妖しい美観が漂っているように思われてならなかった。彼はローマの暴君ネロのことを思い浮かべていた。

かつてネロはローマの市中に火を放たせ、自分は丘の上で竪琴を弾じ、詩を詠じたと言われる。その行為は恥ずべきことで決して許されるべきではないが、彼の美観に酔いしれた心理を、進は何となく理解ができるように思った。

敵機の爆音は消え去っている。ただただ燃え盛るばかりだった。進は無言のうちに、その場に立ち尽くしていた。

交通網の回復を待ってから、進は工場に赴いた。技術班に入る前に、池袋に住んでいる斎藤とばったり出会った。

「どうした。やられたか」

「うん、全焼だ。君から借りた荷風の『濹東綺譚《ぼくとうきたん》』も焼いてしまったよ、済まん」

「そんなことはどうでもよいさ。命あっての物種さ」

二階には、家田がいつもの顔で待ち受けていた。

「先生、被害はありませんでしたか」

「うん、私の所は免れたよ。市川と田村が来ないのはちょっと心配だがな」

家田との会話を他所《よそ》に、進は実践の生徒たちに視線を走らせていた。そこには数人の生徒が屯していているが、陽子の姿は見えなかった。

「こんなに早いのにおかしいな」

彼は顔見知りの生徒の所に近づいた。

「寺田さんはお休みですか」

郵 便 は が き

料金受取人払郵便

新宿局承認

3971

差出有効期間
2022年7月
31日まで
（切手不要）

1 6 0-8 7 9 1

1 4 1

東京都新宿区新宿1－10－1

（株）文芸社

愛読者カード係 行

お名前《ふりがな》		明治　大正 昭和　平成　年生		歳
ご住所《ふりがな》	□□□-□□□□			性別 男・女
お電話 番　号	（書籍ご注文の際に必要です）	ご職業		
E-mail				

ご購読雑誌（複数可）	ご購読新聞 新聞

最近読んでおもしろかった本や今後、とりあげてほしいテーマをお教えください。

ご自分の研究成果や経験、お考え等を出版してみたいというお気持ちはありますか。

ある　　ない　　内容・テーマ（　　　　　　　　　　　　）

現在完成した作品をお持ちですか。

ある　　ない　　ジャンル・原稿量（　　　　　　　　　　　　）

名				
買上 店	都道 府県	市区 郡	書店名	書店
			ご購入日	年　月　日

書をどこでお知りになりましたか?

1.書店店頭　2.知人にすすめられて　3.インターネット(サイト名　　　　)

4.DMハガキ　5.広告、記事を見て(新聞、雑誌名　　　　)

の質問に関連して、ご購入の決め手となったのは?

1.タイトル　2.著者　3.内容　4.カバーデザイン　5.帯

その他ご自由にお書きください。

(　　　　)

書についてのご意見、ご感想をお聞かせください。

内容について

カバー、タイトル、帯について

弊社Webサイトからもご意見、ご感想をお寄せいただけます。

協力ありがとうございました。

お寄せいただいたご意見、ご感想は新聞広告等で匿名にて使わせていただくことがあります。

お客様の個人情報は、小社からの連絡のみに使用します。社外に提供することは一切ありません。

「陽子さんは亡くなったんです」

「亡くなったって！　またどうして……」

「あの方は、一人だけ別の方に逃げたんです。私たちと一緒ならよかったんですのに……」

彼女は後の言葉につまり、目頭を押さえた。

「そうでしたか」

衝撃に全身を打ちのめされた進は、黙って自分の席に戻った。

「陽子さんがもうこの世にいないとは、信じられないことだ」

彼は力なく俯いていた。

近寄った家田が話し掛けた。

「君、私は君たちのことは承知していたよ。いつも微笑ましく見守っていました。それだけに今朝、君にいきなり伝えるのは忍びなかったのです。君の心中は痛いほど解ります。気持ちが和らぐのには時間がかかるだろうが、君も男だ。どうか耐えてくれたまえ」

進は無言のまま肯いた。

次の週の休日、進は一人四谷の土手に足を運び、二人並んで座った所に腰を下ろした。

前面の堀に浮かぶ蓮は、もう花を開いていた。

「二人して眺めようと申し合わせたのに、それは一夜の夢と化してしまった。今頃陽子さんは、浄土の花と言われる蓮の花に囲まれ、高い所から見下ろしているのだろうか。戦争があったから巡り合ったとも言えるが、戦争は二人の仲を引き裂いてしまった。何と残酷なことだ」

流れる春の風はいたずらに空しく、少年の悲哀はいつまでも去りやらなかった。

一七

東京空襲第三波は、五月二五日の夜であった。

「今度はこちらがやられるぞ」

賢一に促され、家族で一同裏手の空き地に避難し、様子を覗っていた。

暫くしてからのことだった。闇の中で大音響がしたかと思うと、北側の隣家、牧野邸に、ぱっと火の手が上がった。火は瞬く間に家屋に燃え広がった。

「あっ、牧野さんの所が燃えだした。家もやられる」

進は思わず叫んだ。

「うん、ここにいては危ない。公園に避難しよう」

賢一が応じた。

「家が焼けるなんて勿体無いわ」

姉の万里が嘆息した。

「そんなこと言っていられないわよ。さあ行きましょう」

富枝が先頭に立った。

大久保公園には、既に町内の人たちが屯している。お互い緊張した表情で、様子を見守っていた。

「煙がこちらに流れてこないな」

賢一がふと呟いた。

「風が北に吹いているんじゃあないですか」

「そうかもしれないな」

あとは二人とも無言だった。

「そろそろ戻ってみるか」

辺りが静穏になった頃、賢一が皆に声を掛けた。

「きっと焼けているわよ」

富枝の足取りは重かった。

だが、突然万里が叫んだ。

「焼けてないわ。残っているわよ」

「おう助かった」

賢一も感動の一言を漏らした。

「有り難いこと。でもどうしてかしら」

富枝は不思議そうだった。

「風が北に吹いたからですよ。風のおかげだ」

進の声も弾んでいた。

隣家は見る影もなく焼け落ちていた上、境にあった樹齢数百年とも言える桜の大木が、黒焦げになっていた。

「桜が身代わりになってくれたんだ」

賢一は感慨を込めて、大樹を仰いでいた。

進は家の隅々を調べたが、なんの異状もない。ただ二階の北側にある納戸に入った時、窓ガラスが十センチほど、円形に空いているのには驚いた。

「どうしてこんなに上手く空けたのだろう」

どう考えても訳が解らなかった。

「これは仏様、ご先祖様のおかげです」

信心深い富枝は、早速仏壇に手を合わせていた。

一時の興奮が収まり、家族一同居間に集まった。

「幸運としか言いようがないな」

賢一の一言に、皆は同じ思いで肯いた。

一方、戦局は一段と緊迫度を増していた。

サイパン島の陥落に次いで、その年の十月、フィリピン、レイテ島沖の海戦で、日本海軍は大敗を喫した。これによって事実上制海権を失い、本土防衛は一層困難となった。

さらに米軍は硫黄島を攻略し、翌昭和二〇年(一九四五年)三月に沖縄本島に上陸した。三カ月にわたる激戦の末、六月二三日、沖縄も米軍の手に落ちた。

沖縄から見れば、日本列島は指呼の間である。

「本土決戦。一億総玉砕」と軍部は声高に叫び始めた。

「本土上陸作戦必至」との、ただならぬ空気が国民の間に広がった。

「上陸地点は九十九里浜か、それとも相模湾か」憶測が憶測を呼び、緊張感が漂った。

こうした最中、外務省から帰って来た賢一が意外なことを話した。

「今、外務大臣の重光さんから、中国へ飛んで、蔣介石との和平交渉に協力してくれと頼まれた。重光さんとは先輩後輩の間柄で親しくしている。あの人から頼まれたら、いやとは言えない。少し遅いが、最後のご奉公と思って行って来るよ。もう空襲はないだろうが、博もいないことだ。進、お母さんを助けて後は頼むぞ」

「解りました」

進は父の決意は固いように思った。

数日後、賢一は軍用機で大陸へ向かった。

灼熱の季節を迎えたが、工場は被害もなく稼働していた。

八月の初旬、家田が進に告げた。

「何か西の方で、強力な爆弾が落ちたそうだ。爆発力だけでなく、光線も出るそうだ。黒い服装だと光線を吸収するから、白いものを着るようにとのことだ」

「西の方とはどこですか」

「いや、それが解らないんだ。報道管制をしているのだろう」

工場では、既に白服を着込んだ人たちが行き来している。進は白装束の人たちが右往左往しているのを見ていると、異様なものを感じてならなかった。

遂に運命の日、八月一五日がやって来た。

その日の朝、家田が進に告げた。

「今日の正午、天皇陛下の重要放送があるそうだから、全員聞くようにとのお達しだ」

「もっとしっかりやれ、と言うことでしょうかね」

「いや、それは解らないな。続けるか、やめるかのどちらかだ」

正午近く技術班の二階にあるラジオのスイッチが入れられ、職員ともども緊張のうちに耳を傾けた。

電波の状態はあまり良くなく、天皇の声も明晰さを欠いていたが、「我が国は連合国が示した降服条件、ポツダム宣言を受け入れ、戦闘を停止する」との敗北宣言であることは理解できた。

職員の中には「残念無念」と泣いている者もいる。進は泣く気にはならなかったが、緊張がほぐれ、全身の力が抜けるような思いだった。

「先生、とうとう敗けましたね」

「うん、来るべきものが来たということかな。君たちは工場との縁がなくなるよ。一度集まってから解散しよう」

家田は厳しい表情だった。

その日の午後、広場に集まった生徒たちを前に、家田は一言挨拶をした。

「長いこと工場での労働が続き、本当にご苦労さまでした。さぞ心身ともに疲れたと思います。これからは、それぞれ進学した学校の指示に従ってください。この先がどうなって行くのか解りませんが、お互い踏ん張りましょう」

進は平岩と肩を並べ、工場を後にした。陽子のいない工場には、何の未練もなかった。

「やはり敗けたな」

進が話し掛けた。

「うん、仕方がないな。これからが問題だ」

「君は外語専門に通うか」

「あまり気が進まないが、そうしよう。そのうちに訪ねるよ」

「是非来てくれ」

再会を約し、二人は別れた。

やがて敗戦に合わせたかのように、米軍の戦闘機が超低空飛行で、東京の上空を旋回し始めた。威嚇飛行である。その機影を目にし、爆音を耳にした時、進は戦争中にはさほど意識しなかった敵愾心が、ふつふつと湧き上がってきた。

「畜生！　よくもやりやがったな。覚えていろ」

抵抗しがたい米軍機に向かって罵声を投げつけていた。

その月の下旬、案じていた賢一がひょっこり帰って来た。

「ご無事でよかった」

富枝は涙を浮かべて喜んだ。

「いやいや、心配をかけたな。朝鮮半島を通り、釜山から漁船で帰って来たよ。危ないところだった。後ろからはソ連軍がやって来るし、気がかりでならなかった。敗北は残念だったが、これからアメリカの軍政が始まる。アメリカンデモクラシーがどんなものか、お手並み拝見だ」

早くも賢一は、先を予測していた。

一八

九月に入り、アメリカ軍を主体とする連合軍が、次々東京に進駐した。皇居の堀に面した第一生命ビルに、連合軍最高司令部（ＧＨＱ）が置かれ、占領政策の司令塔となった。ここを統括したダグラス・マッカーサー元帥は、日本を支配する最高権力者であった。ポツダム宣言を受け入れたことから、日本は全体主義から民主主義に転換した。だがこれは国民の強い願望により、下からの力で勝ち得たものではなかった。アメリカの横からの革命による所産である。それだけに自由思想や人権意識は底の浅いものがあった。

当然ながら報道管制はなくなり、知られていなかった戦時中の事実が明らかとなった。西の方に落とされた強力爆弾が、原子爆弾であることも明瞭になった。

広島、長崎に落とされた原爆によって、死者は十四万に及んだ。三月十日の東京大空襲によって、十万人の命が奪われた。また沖縄戦における死者は二十万に達した。

進はこの無益な殺傷に、心を痛めずにはいられなかった。

そのうちに新聞紙上で、原爆に関するイギリス国民の意識調査が伝えられた。それによれば、賛成が七割、反対は三割に過ぎない。

「アングロサクソンには人道主義は一欠けらもないのか」

進は慨嘆せずにはいられなかった。

敗戦後の市民生活は、食糧不足により困窮を極めていた。主食の米を始めとし、配給制度が続いていたが、人々は近隣の農村に出掛け、必要な物資を手に入れるようになった。米は統制品だから、見つかれば罰せられるのだが、背に腹は代えられなかった。

「うどんの一杯くらいは食べたいものだな」

うどん好きな賢一は時折こぼしたが、うどんの一束すら手に入らないありさまだった。

電力事情も極度に悪く、電圧が低いため、夜ともなれば必ず停電する。毎夜蝋燭生活を余儀なくされた。これに引き替え、米軍の宿舎では明かりが煌々と灯っている。

「勝者の驕りだ。アメリカの民主主義は自国には通じても、他国には通用しないのか」

アメリカの民主主義に、多少は期待を抱いていた賢一は、失望の色を隠さなかった。

三度にわたる大空襲で、焼け野原になった東京の住宅問題は、深刻を極めていた。焼け残った家に、二家族、三家族が同居するのは珍しくなかった。進の家にも、中国から帰って来た伯父夫婦や、親しい知人一家が同居し、協力しあってその日その日を暮らしていた。

こうした社会情勢の中で進の新たな学生生活が始まろうとしていた。日本の将来がどうなるのか、それはそれとして、進は自分の未来に光が差し込んできたように思われてならなかった。

慶応キャンパスは、本科は三田、予科は日吉と分かれている。

最初に日吉校舎を訪れ、予定を済ませたので帰ろうとしていた時、誰かが後ろから彼を呼び止めた。

「やあ」

振り返って見ると小学校の同期生太田が、笑いながら立っていた。

二人は駆け寄って手を取り合った。

「君がここにいたとは知らなかった」

「奇遇だな。僕は法学部だが君は？」

「文学部だよ。予科の間は一緒だな」

「うん。よろしくな」

二人は肩を並べ、日吉の坂を下りて行った。

日とともに授業は軌道に乗った。初めて知ったフランス語も新鮮だった。

「行く行くは文学評論家でもやるかな」

進の夢は一層膨らんでいた。

授業に励みながら、進は恩師の黒江のことが気になった。

「先生は無事に帰って来たのかな」

連絡がつくかどうか不安を感じながら、彼は母校に電話をかけてみた。


幸運にも黒江の声が受話器の奥から伝わってきた。

「先生、ご無事で何よりでした」

「やあ有り難う。中国大陸にやられてね、命からがら逃げてきたよ。君は慶応に入ったそうだね。またサッカーをやるか。慶応のサッカー部は歴史と伝統があるから、覚悟がいるぞ」

「いや、まだ解りません。色々やりたいことがありますので……」

「いいだろう。私はこれからも五中で働くよ。ここは私の母校だし、理想の職場なんだ。

いずれ学校も再建されるだろうから、訪ねてくれたまえ」

「はい伺います」

話はそれで終わった。

「先生は相変わらずサッカーが頭から離れないのだな」

進は苦笑しながらもほっとした。

暫く音信のなかった平岩が、或る日突然やって来た。

「どうした、外語専門に通っているか」

「いや、行っていないも同然だ」

彼は憂鬱そうな顔をしていた。

「それはよくないな。君は一高にこだわっていたが、どの学校にもいい所があるんだぞ」

「今は学校に捉われてはいない。俺は人生にやる気がないんだ」

「精神的に疲れているんじゃあないのか。真鶴にでも行って、頭を休めたらどうなんだ」

「有り難う。だがその必要もないな」

何だかだと、平岩は夜になっても帰ろうとしない。結局一晩泊まり、翌朝帰って行った。

それから数日後、平岩が再び現れた。

「今日は君に別れをしに来たんだ」

「別れる？　いったいそれは何のことだ」

進は訝しがった。

「俺のような人間は落ちるところまで落として、それでも自力で立ち上がろうとしないなら、もう駄目なんだ」

「それは無茶だ、乱暴だよ。そんなことをしたら君は破滅する。自力主義などは、もう捨てろよ」

「いや。俺にはそれしかないんだ。行かせてくれ」

「いや、いけない。もっと穏やかな道を選べよ」

「頼むから行かせてくれ」

平岩は懇願した。

「仕方のない奴だな。僕は腕ずくで君を押さえることはできない。自覚を待つだけだ」

「解った」

「必ず帰って来るんだぞ」

「うん」

彼は進の手をしっかり握ってから音もなく部屋を出て行った。

だが平岩は四日たっても、五日たっても現れない。進は不安になった。このまま消えてしまうのではないかと恐れた。

彼は市役所に勤めている平岩の兄に電話をして、事の次第を話した上で尋ねた。

「平岩君は家に帰って来ましたか」

「いや、帰って来ませんよ。そのうちに帰って来るでしょ」

兄は平然としている。

「心配ですから警察に捜索願いを出してください」

「それには及ばないでしょう。どこへ行ったのでしょうね。馬鹿な奴だ」

兄は全く取り合おうとせず、電話を切ってしまった。

進は大いに落胆した。一体平岩の家庭は、どんな家庭だったのだろう。

進はただただ平岩が現れるのを待ち望んだが、一月たっても二月たっても、彼は姿を見せなかった。

「どこかで野垂れ死にしたのだろうか」

進は暗澹とせずにはいられなかった。

だが親友の身の上を案ずる進の上にも、一大事が持ち上がっていた。

一九

初冬を迎える頃のことだった。朝起きてみると、進は目の前に、黒い水玉のようなものが飛び交っているのに気付いた。

「おや、これは一体何だろう。気のせいかな」

試しに目を閉じてみたが矢張り変わらない。だが暫くすると、黒い玉は跡形もなく消えてしまった。

「一時的なものだったな」

進はあまり気にも留めなかった。

しかし二、三日すると、再び黒い玉が現れた。それだけではない、部屋の柱が途中から曲がって見えるではないか。

「これは只事ではない。何か異変が起こっている」

驚愕した彼は富枝に事の顛末を告げた。

「早く眼科へ行った方がいいわよ。慶応病院がいいんじゃあない」

「そうします」

彼は取るものも取りあえず、信濃町の慶応病院に急いだ。

眼科の待合室には、すでに数人の人が腰をかけている。

「道夫がここで亡くなったのだ」

進はその日のことを思い出しながら、順番を待っていた。

進の眼底を診察した医師は冷静な口調で告げた。

「これは若年性滲出性再発性網膜炎です。網膜が出血によって剝離しています。あなたのような若い方に時折ある病気です。一時的に剝離したのなら手術もできますが、この症状では不可能です。自然に血液が吸収されるのを待つ他はありません。それにはまず安静が第一、次に体力をつけることです」

「先生、入院の必要がありますか」

「いや、その必要はないでしょう。自宅で療養してください。ただ動くのはいけないから、お近くの山崎眼科をご紹介します。山崎先生の指示に従ってください。とにかく長期になると思ってくださいよ」

進は受付で貰った紹介状を手に四谷の山崎眼科に回った。

「万事解りました。一週間に一度、静脈注射をしに、看護婦を差し向けます。私は一月ごとに拝見しましょう」

五十格好の山崎医師は愛想がよかった。

「時にあなたは慶応の学生さんですね。私も慶応の卒業なんです。塾生の方には親しみを感じますよ。まあじっくりやりましょう」

「どうぞよろしく」

進は良い先生に巡り合ったと思った。

山崎医院を後にした進は、四谷の土手に沿った道を歩いていた。

「陽子さんも道夫もいなくなった。平岩まで去ってしまった。希望に燃えた学園生活を打ち切り、眼病との闘いが始まる。行く末はどうなるのだろう」

彼は不安を抱かずにいられなかった。

療養生活は順調だったが、一つ厄介な問題が舞い込んだ。それはＧＨＱが高級将校の宿舎として、進の家を接収する通知を伝えてきたことだった。

「進の療養生活が台無しになる」

賢一は困惑し、接収解除を求め、八方手を尽くしたが捗らない。期限は刻々迫ってくる。

「私が頼みに行きましょう」

富枝が賢一の前に膝を進めた。

「私がやってできないものが、お前にやれるか」

賢一は冷ややかだった。

「女が行けばまた違うでしょう」

富枝は夫の冷ややかさに一層意気込んだ。

外国生活を経験している富枝は、英語をかなり話せる。単身GHQに乗り込み、係官との対面を求めた。担当のウエード少佐は求めに応じ、静かに話を聞いてくれた。

「よく解った。後ほど軍医を派遣して、息子さんを診察して貰います。すべて彼の報告によって決めましょう」

少佐の言葉に、富枝は目的を果たしたと安堵した。

「大体纏めて来ましたよ。アメリカは女を大事にする国ですね」

賢一への報告には、少々皮肉が込もっていた。

「そうか。ご苦労だったな」

賢一はいささかばつが悪そうだった。

間もなく背の高い軍医が現れ、進の眼底を仔細に診察した。

「OK　OK　安心しなさい」

彼は進の肩をぽんぽん叩いてから去って行った。

数日して、接収解除の通知が届いた。

一家はほっとしたが、中でも進は、母の大胆さに敬意と感謝を捧げずにはいられなかった。

安静療法に加え、山崎医師の治療の効果もあってか、その年の暮れ頃には、良好な左の眼の視野も広がり、視力も増してきた。

「この分なら、案外早く回復するかもしれないぞ」

進は密かな期待に胸を膨らませた。

だが年も替わり一月の半ば、左の眼に黒い幕のようなものが現れ、それは次第に広がっていった。その結果、視野の一部に光を感ずるだけになってしまった。

「再発したのか」

進は愕然とした。

「やはり出血していますね」

山崎医師は日頃に似合わず、思案顔だった。

家人の心配も一通りではなかった。特に弟思いの万里は、一段と心を砕いた。

「私は進ちゃんの眼が良くなるまで結婚しないわ」

「姉さん、僕のことにこだわらないでくださいよ。好きな人がいるんでしょう」

「ええ。博兄さんの友達よ。だけど博兄さんはどうしたかしら。心配だわ」

「ひょっとすると戦死したかもしれないな」

後は二人とも思いに沈んだ。

だが春が兆す頃、その博がひょっこり戻って来た。

「ご心配をかけましたが、只今帰還致しました」

彼にはまだ軍隊言葉が残っていた。

「おお帰ったか」

さすがの賢一も感動した。

富枝と万里は、ただただ涙で言葉もなかった。

「よかった」

「うん。お前サングラスなどかけて、どうしたのか」

「眼が悪くなったんだよ」

「そうか。俺の顔が見えないか」

「全く見えない」

「いかんな」

博は言葉少なく、弟の姿を見詰めていた。

重苦しさの漂う家庭には、博の帰還で一条の光が差し込んだ。

博は時折フィリピンのことを進に語った。

「戦争に敗けて山に逃げ込んだが、その辺をさまよっていた。時々米軍がやって来るから、急いで茂みに隠れて、息を潜めていた。やつらはガムを嚙みながら、時折自動銃をばりばり打っては去って行く。頃合いを見計らってはまた歩き出すんだ。そのうちにマラリアにかかり高熱を発したが、それでも歩いたな。そうした時には、日頃可愛がっていた部下たちが、押したり引いたり助けてくれたよ。

いつも焼きばかり入れている上官が危なくなっても、眼もくれない。ざまあ見ろというわけだ。上も下もない。人間対人間の関係だ。その男は歩けなくなって、這って付いてきた。だが誰も振り向かない。結局動けなくなってしまったな。普段の人間関係が大事なんだよ。そのうちに日本降服のビラを拾って、これは本当だろうと山を下って捕虜になった。酷い目に遭わされるかと思ったが、米軍は捕虜を丁寧に扱ったよ。ただ食事が足りなくて、自分の分が少ないと思うと分けた者に突っかかる始末だ。さながら餓鬼だな。人間腹が減ると、何をしだすか解らんな。やはり衣食足りて礼節を知るだ」

死線を越えてきた博の言葉には、真実みがあった。

二〇

時が過ぎても、進の症状には好転の兆しがなかった。そうした折、知人の紹介で、本村と名乗る人物の来訪を受けた。彼は鍼灸家であった。

「私はあなたと同年の折、全く同じ眼病で、一時は失明すると思っていました。ところが片目は助かったのです。それというのは、鍼灸の大家澤田さんのおかげでした。そのことが、私を鍼灸家の道に進ませたのです。私はあなたのことが、とても他人事とは思えません。是非治療をさせてください」

「よろしくお願いします」

その日から本村は、進に鍼を打ち、灸をすえるようになった。

もともと話し好きな本村は、治療中にあれこれ話したが、闘病生活の体験を漏らしていた。

「私を小さい時から可愛がってくれた伯父がいましてね、その伯父が見舞いに来てくれたのです。きっと頑張れ、しっかりしろと檄を飛ばされると思ったのですが、ただ枕元に座ってぽろぽろ泣いているんです。本当に私の身の上を案じてくれるんですね。それが私の胸を熱くさせました。どんな激励の言葉より、涙の方が、私に力を与えてくれました」

暫くして本村は、一枚の板のようなものを携えて来た。

「これは点字を書く道具ですがご存じですか」

「いいえ。視覚障害者が点字を使うことは知っていますが、それは知りません」

本村は進の手に点字盤を渡した。

「私はもう失明すると覚悟して、点字を覚えるためにこれを買ったんです。幸い私はこれが不要になりました。あなたに差し上げますが、勿論あなたも不要になることを、心から願っています。しかし誰にでも万々一ということはあるんです」

初めて点字盤なるものを手にした進は、本村の親切を素直に受け入れることはできなかった。彼は見える世界に戻ることしか考えていなかったからだ。

問題の点字盤は、暫く棚の上で埃をかぶっていた。しかし時とともに、進は考えを変えていった。

「点字に頼る人間になろうとは思わないが、点字を知っていて損はない。どうせ時間を持て余している。覚えてみよう」

彼はそのことを本村に打ち明けた。

「それは良いことではありませんか。私に点字を教えてくださった中田京太郎さんをご紹介しましょう。この方は立派な方です。見えない身で単身イギリスに留学され、帰国されてから、点字の新聞を発刊された方です。そういう先人にお会いになるのも勉強になるでしょう」

間もなく中田京太郎は、令嬢とともに進の家に現れた。彼は既に白髪交じりだが、温容な老紳士だった。

中田は懇切丁寧に点字を教えたあと、自分の過去を振り返り、進に話し掛けた。

「私はイギリスに学んで、日本では視覚障害者を支援する制度や文化がまだまだ遅れていることを痛感しました。帰国後、毎日新聞社から点字の新聞を発刊し、少しはお役に立ったと思います。しかしそれは第一歩に過ぎないのです。点字の図書も少なく、図書館は、個人の手で細々営まれているだけです。イギリスでは盲導犬が活動していましたが、日本にはまだおりません。

私はもう歳を取り、仕事から離れていますが、これからの人たちに尽力してもらいたいのです。あなたもどうか関心を持ってください。」

進にとってはすべて新しい発見だったが、とりわけ一つの道に生き抜いた人の素晴らしさに、感嘆しないではいられなかった。

中田は再度点字の指導に来訪したが、その際、彼は一冊の点字の本を持参していた。

「これはキリスト教の聖書の中の一冊、ヨハネ福音書です。これを差し上げますから、点字を読む練習も兼ね、その内容にも触れてください。私にとって、これは人生の導き手になるような一冊なのです」

「先生はクリスチャンでいらっしゃいますか」

「ええそうです。ただこの聖書を差し上げたのは、キリスト教を宣伝しようというのではありません。宗教を人に押し付けるのは、良くないことです。それぞれが自由に考え、選択するのが正しいのです。ただ長い人生には、必ずと言ってよいほど、障壁が待ち構えています。それを乗り越えるには自力だけでは足りません。弱い人間にはやはり他力が求められるのです。少なくとも私はそうでした。その時、この書物が導きになったのです」

「よく解りました。僕の友人には、自力だけで人生の問題を解決しようとした男がいました。その結果、彼は滅んでしまったのです」

「それはお気の毒でした。あなたは決してそうはならないでしょう。あなたが今抱えておられる身体的な障壁は、必ず乗り越えられると思います。

私がこちらへ伺ったのは、点字をお教えするためでした。それはこの二日で終わりました。あとはあなたが練習なさるだけです。余分なことも申しましたが、若いあなたの人生が開かれるのを願っております」

「有り難うございました。点字だけではありません。貴重なお話を伺い感謝しております」

進は中田と出会ったことに、深い意味があるように思えてならなかった。

その日から彼は点字と向かい合っていた。

「なかなか合理的に出来ているな」

その単純さ、簡便さに感心したが、六つの点の組み合わせで構成される記号文字を、指先で触読するのは難しかった。そこを我慢して練習を続けるにつれ、若者らしい鋭敏な彼の指先は、一つ一つの文字を識別することができるようになった。

「ここまで来れば、読書も可能だろう」

彼は中田から手渡された、ヨハネ福音書の第一ページを読み始めた。

「初めに言葉あり。言葉は神なりき」

冒頭の一節で、彼の指は止まってしまった。

「この一言はどういう意味なのか」

進は道夫の葬儀の折、司祭が「すべては神から始まり、神に帰る」と述べた言葉を思い出していた。

「これがキリスト教のみならず、宗教の原点なのだな」

彼は理解できたが、信じ込むには至らなかった。

一方、進の容態には、大きな動きがなかった。

そうした中、外出から帰宅した賢一が、早々に進に告げた。

「実は今日ある会で、千葉医大の井口教授にお会いした。井口さんは眼科医だが、学会の第一人者と聞いている。お前のことをお話ししたら、一度拝見しようとのことだった。お願いしておいたから、診察していただいたらよかろう」

「有り難いことですが、山崎先生を飛び越してはいけませんから、先生の了解をとってください」

「その点はよくお話をするから大丈夫だ」

やがて井口教授が診察に現れた。教授は背も高く、重厚な人柄である。

早速進の左眼を診察した井口が、一言漏らした。

「これはいけません。白内障を起こしています。これでは眼底が解りません。水晶体を取り除いてからにしましょう。千葉に入院なさってください」

「解りました」

賢一が二つ返事で応じた。

白内障、手術と聞いて、進はやや戸惑った。

「これでは根本の治療というのではなく、窓口を開けるだけだ。しかしそれが先決とあれば致し方ない」

彼は千葉に行くことを決意した。

その前に、進は恩師の黒江に打ち明けようと思い立った。

「君が眼を悪くしていることは、風の便りに聞いていたが、どんな具合だね」

いつもの黒江の声である。

「かなり悪くなって、今は膠着状態です。これから千葉医大に入院して、白内障の手術を受けなければならないんです。これが治療の第一歩だそうですから、仕方がありません」

「そうか、それはいかんな。だが千葉医大の眼科は有名だぞ。きっと良い結果が出るだろう。それに長い闘病生活となれば、君が精神的に負けないことが第一だ。サッカーで培った闘志を忘れるなよ」

「解りました、先生」

進は黒江の一言に、千鈞《きん》の重みを感じていた。

二

進が富枝に付き添われ、千葉医大に向かったのは、春もたけなわを迎える頃であった。

「それでは行ってまいります」

進が賢一に挨拶をした。

「おお、ご苦労だな。いずれ顔を出すが、井口さんによろしく」

「しっかりやれよ」

博が進の肩をぽんと叩いた。

「あとは私に任せて」

兄の友人新井と婚約の決まった万里は、明るく生き生きとしていた。

二人を出迎えた医局長の藤田は四十格好、円満な人柄は、井口教授の片腕に相応しかった。

藤田に案内された病室は、三階の東南に面した個室である。

「ここなら落ち着いていられるわね。たまに家をはなれて暮らすのも、気分転換になるわ。万里にとっても、家事万端、勉強になってよ。これで良い結果が出たら万々歳」

富枝の声は弾んでいた。

早速看護婦長の井上が、二人の看護婦を伴い挨拶に現れた。

「これからお部屋のお世話は、ここにおります二名の看護婦、岩村と川上で致します。どうぞよろしく」

岩村看護婦は三十格好、かなりの経験を積んだ看護婦、川上は二十歳前後、新人と言ってよかった。

「川上さんは整った顔をしているけれど、何となく淋しげなところがあるわね」

人を見る目が肥えている富枝は、いち早く川上を観察していた。

手術前には、何かと検査が多い、その都度、川上が検査室に同行してくれた。

「川上さんはここにお勤めになって何年です」

進は気軽に声を掛けた。

「まだ三年目です。駆け出しですよ」

「そうですか。ご実家は千葉ですか」

「ええ。山武《さんぶ》郡という田舎です」

同世代の二人は、少しずつ親しさを増していた。

ある時病室に現れた藤田に、富枝が尋ねた。

「看護婦の川上さんはお行儀のよい方ですが、どういうお育ちですか」

「あの人は満州帰りです。家庭が良いのです」

藤田は身の上を明かした。

「藤田先生からお伺いしましたけれど、川上さんは満州から帰国されたそうですね」

検査室に赴く道々、進が話し掛けた。

「ええそうです」

「僕はそのことについて全く知らないです。今度聞かせてくださいませんか」

「ええ、手術が済んで一落ち着きされたらお話しします」

川上は看護婦らしく配慮をしめした。

次の週の手術日、進は手術室のベッドに横たわっていた。眼球の麻酔も完了し、井口教授はメスを近づけようとしていた。その時、一人の看護婦が不用意に台車をベッドに当て、振動が伝わった。井口は思わず手を引いた。

「駄目だぞ」

藤田が無言で彼女を睨みつけた。

「済みません」

軽率者は頭を下げ小さくなった。

「あの声は川上さんではないな」

進は何となくほっとした。

手術は予定通り終わったが、三日間は絶対安静である。寝返りを打つことも許されない。

三日間の苦行が終わり、進は人心地つく思いだった。

手術は成功したが、あらためて眼底を検査した井口教授は、「ううん」と一言唸った。

「これでは手術は疎《おろ》か、眼球注射もできない。自然療法しかないな。眼球を暖めることを怠らないように。漢方薬を試してみましょう」

「解りました」

側の藤田が応じた。

「畑中さん、少し気長にやってくださいよ」

井口は進の肩を軽く叩いてから部屋を出て行った。

「これでは最初に慶応病院に行った時と、あまり変わらないな」

進はいささか落胆したが、すぐに気を取り直していた。

「仕方がないな。ここで暫く粘ってみよう」

病室に戻る途中、進は無言だった。川上は彼の心中を察しているように思われた。

病室に帰った進は、事の次第を富枝に告げた。

「残念だけど仕方ないわね。先生が言われるように、根気よくやるほかないわ。腰を据えてやるほかないわ」

患者の食事は原則自炊である。富枝は気軽に働き、親子水入らずの生活を楽しむ様子さえあった。

数日して川上が、進との約束を果たしに現れた。

「私がどうして満州の大連にいたかをお話ししなければなりませんが、畑中さんは甘粕さんをご存じですか?」

「ええ、憲兵大尉の甘粕さんでしょ。大正一二年(一九二三年)九月に無政府主義者の大杉栄と言ったかな、あの人を暗殺して、満州へ逃がしてもらった人ですね」

「そうです。後で満州映画、満映を作った方です。実は私の父も、憲兵将校だったのです。そんなことから満州へ呼ばれ、満映の仕事をしていました。そのようなわけで、私は大連で生まれたのです。星ヶ浦に住んでいましたけど、とても風光明媚な所でした。戦争が始まった年、女学校に入りましたけれど、神明女学校という、大連では一番良い学校でした」

「神明ですか。僕の従妹も大連にいて、確か神明の生徒だと聞いていましたよ。あなたと同じくらいの年頃ではないかな」

進はうろ覚えの話を伝えた。

「何というお名前ですか」

「森田信子というんです」

「あら私と同学年の方ですよ。とても良くお出来になって、学年で一番の方です。それに綺麗な方、クラスが違いましたから、親しい交際はありませんでしたけど、いつも羨望の目で眺めていましたよ」

「ほおう、それは奇縁ですね。彼女はまだ帰国していないと思います。父親が医者ですから、あちらで使われているんじゃあないですか」

「それは十分考えられますわ。戦争が終わる三日前、ソ連軍が満州国境を越えて、雪崩れ込んで来たんです。瞬く間に大連は占領され、私たちは星ヶ浦から追い出されてしまいました。酷い目にあった末、最初の引揚船で帰って来たのです。父の郷里がここでしたから、そこに落ち着いたのですが、それからが悲しいお話になるんです。こんなお話をしてもよろしいかしら……」

川上は無言のままうつむいた。

「お差し支えなければどうぞ」

進は彼女を促した。

「実は私の父と母はもともと仲が良くなかったんです。母は文学や演劇が好きで、いつも本を読んでいましたけれど、父は全くそのようなことには関心がない人でした。性格も合わなかったのでしょうが、日本に帰って来てから母は妹を連れて実家のある広島に帰ってしまったんです。私は父を一人にしておくことができませんでした。父はとても良い人なのです。戦争に負けたことが打撃になったのか、気力も衰え、何もせずに、小さな畑を耕しているだけなのです。私は女学校二年の時に動員され、看護婦の見習いのようなことをしていましたが、その時に形ばかりの準看護婦の資格を貰ったのです。それが役に立って、ここで働くようになったのです。私が働かなければ父を支えることができません。でもここで経験を積んで、正看護婦の免許をとらなければならないんです。試験も受けなければならないのです」

「随分ご苦労なさっているんですね。それに親孝行だな」

「ええ。でも親孝行は当たり前のことです。畑中さんは私とは違ったことで、大変ご苦労されているんですね。お察ししています」

「有り難う。今日は身の引き締まるようなお話を聞かせていただきました。あなたとお話ししていると心が和らぎます。また仕事ではなく、お話にいらしてください」

「はい。私も畑中さんと向かい合っていると、新風が吹き込んでくるような気が致します。ではまた」

川上は一礼すると部屋を出て行った。

「しっかりした、賢いお嬢さんね。でもやはり不幸を抱えていらっしゃったんだわ」

富枝はしんみりしていた。

二二

進の一日は、午前の診察から始まる。毎回藤田は光を当て視野を測るが、手術前も後も全く変わらない。

病室に帰ると、富枝が必ず「今日はどうだった」と尋ねる。

「変わりませんよ。同じです」

毎度そう応えるのが、進にとっては何となく辛かった。

午前の日課は、眼球を暖めることだ。これが唯一の治療法と言ってもよかった。熱い湯でガーゼを絞り、それを眼球に当てるだけである。小一時間やれば終了、あとは特別な作業もない。話好きの富枝は、どこかへ出掛けて、おしゃべりしていることが多い。

進は中田京太郎から貰ったヨハネによる福音書に、指を走らせていた。

この書は、信仰の目で読まなければ理解し難い書物だ。しかし第八章、姦淫の女の話は、十分理解できる。

律法学者たちとパリサイ人たちが、姦淫の女を、イエスの前に連れて来て問いただした。モーゼの律法には、このような女は石で撃ち殺せ、と書いてある。あなたはどうするか。イエスは応えた。「あなた方の中で罪を犯したことのない者から、この女に石を投げよ」と。彼らは、一人二人と去ってしまった。

このイエスの一言は、我々にも適用される。人間、清廉潔白な者は一人もいないのだ。自分を棚に上げ、簡単に人を裁いてはならない。本当の裁きは人によるのではなく、天から下るものだ。

進は暫く思索に耽っていた。

その時ドアがノックされ、川上信代が容器を持って入って来た。

「漢方薬を持って参りました。お飲み下さい」

「それは有り難う」

進は容器を受け取り、ちょっと鼻を近づけた。

「美味しそうですね」

冗談を言いながら、飲み干した。

「結構なお味でした」

容器を返しながら、彼は明るく笑った。

「一日一回ですから、我慢してお飲みください」

川上も微笑を漏らした。

「畑中さんのお持ちになっているのは点字の本ですか」

彼女は話題を変えた。

「そうですよ。ある方が下さったキリスト教の聖書、ヨハネによる福音書です。あなたは聖書を読まれたことがありますか」

「いいえ、全然。私は母親譲りでしょうか、毎日文学書を読んでいます」

「ほほう。どういう人がお好きなんですか」

「テオドール・シュトルムが大好きです。あの人の作品は、いつも思い出の糸を手操るのが多くて、悲劇的なんですけれど、そこに詩情があって素晴らしいと思いますわ」

「僕も『みずうみ』のような短編を読んだことがあります。美しいですね」

「『白馬の騎手』をお読みになりましたか」

「いいえ、未だ読んでいません」

「よろしかったら夜にでもお読みしましょうか」

「それは有り難いですね。お暇な時に是非」

話は思わぬ方向に発展した。

数日を経ずして院内が静まった頃、川上信代は『白馬の騎手』を手に姿を見せた。

読み始めた彼女の声音は、高からず低からず、中庸を保っていた。際立った抑揚もなく、淡々と読み続ける朗読を、進はこころよく楽しんだ。

一時間ほど読んだところで、「この辺りで留めておきましょうか、お疲れになりません？」と彼女は本を閉じた。

「いいえ少しも。あなたの方がお疲れでしょう。朗読は大変お上手ですね」

「それはどうも」

誉められて川上は嬉しそうだった。

北欧伝説を素にした、騎士ハウケ・ハイエンの物語は、悲劇だが魅力に富んでいた。

「嵐の夜になると、どこからともなく幻のように現れる白馬に乗った騎士が、堤の上を駆け抜ける」

最後の件《くだり》を、川上信代は静かに読み終えた。

「有り難う。楽しかったな」

「また何かお読みしますわ」

「ええ、是非」

進は鬱々とする自分の心に、明かりを灯すのは川上信代ではないか、是非ともそうであって欲しい、と願うようになっていた。

はるばる東京から来た若い患者に関心があったのか、医局の若手の医師が、進の病室を訪ねてくるようになった。

萩原と名乗る医師は、いつもバイオリンを片手にやって来る。

「バイオリンをお聞かせしましょう」

相手を慰めるつもりか、自分の腕を見せたいのか、それは解らないが、彼は結構上手にクライスラーの小曲を弾いた。

「お上手ですね」

進は感じたままを伝えた。

「いやいや、まだ駄目です。ツィゴイネルワイゼンを弾きたいんですがね」

彼は最初の一、二節を弾いて、「ああ駄目だ」とバイオリンを置いた。

話は自然、音楽のことになる。進もかなりの知識があったから、心地よく話は弾んだ。

二人目に現れた野村は、藤田の代診として、診察をしてもらったことがあるので、既に顔馴染みだった
楽天家の萩原と違い、やや神経質なところがあったが、文学を好んでいた。

「畑中さんは文学部だそうで、その方には通じておられると思いますが、私はこのところ俳句に打ち込んでいます」

「それはそれは。先頃京大の桑原武夫さんの〝俳句第二芸術論〟が話題になりましたが、あれをどうお考えになりますか」

進が話題を呈した。

「日本に近代文学が発展しないのは、俳句が第一芸術と言われているからだ。俳句はスナ

ップショットで、第二芸術に過ぎないと言うのでしょう。あれは偏見です。近代文学が育たないのは、俳句の故ではありませんよ。日本語がある限り、短歌も俳句も滅びません」

野村は断言した。

「同感です。ところで先生の俳句をご披露くださいませんか」

「いやあ、大したものはありませんけど、先日作った駄句です。『シグナルは青し蛙の鳴きやまず』と言うのです」

「なるほど。シグナルの青さと蛙が一つになって、情景が浮かんできます」

「お褒め戴いて光栄です」

野村は嬉しそうだった。

若い医師たちとの交流は、進の無聊を癒やすのに十分であった。

一月二月と過ぎ、夏を迎える季節となったが、進の症状には大きな変化はなかった。前途に不安を抱えながらも、根気よくここで生活するほかはない、と彼は割り切っていた。

そうした中で、毎朝、川上信代と顔を合わせるのは喜びであった。

「昨夜のラジオドラマは、とても面白かったのですよ」

彼女は時折雑談に耽ったりした。日々の積み重ねは、進の信代に対する思いを一層深めていった。

だがそのうち、進は彼女が何となく塞ぎ込んでいるのに気付いた。いつものように雑談もしない。仕事が終わればすぐに部屋を出て行く。

「おかしいな。何かあったのだろうか」

彼は心中穏やかならぬものがあった。

ある朝、進は思い切って信代に問いただした。

「川上さん、この頃何か思い詰めていることでもあるのですか」

病室を出て行こうとしていた信代は足を止めて振り向いた。

「ええそうです。お話ししなければと思いながら日を送っていました」

「是非話してください」

進は身を乗り出した。


「実は最近のことですが、医局のある先生から求愛されたのです」

「それは野村先生ではありませんか」

「そうです。どうしてご存じなのですか」

「いえ、直感です。先生とはよくお話ししますから……」

「先生は将来この土地で開業されるそうです。その時には一緒に歩いて欲しいとのことでした」

進にとっては青天の霹靂だった。

「あなたは先生をどう思っておられるのですか」

「好感を持っています。先生は優しい方ですが、厳しいところもある方です。それだけに頼りがいもあります。そうですが私の心は今二つに割れているのです」

「それはどう言うことですか」

「私は畑中さんにお会いしてからずっとあなたを……」

信代は口を閉ざした。

「そうでしたか。僕もあなたと同様でした」

二人は暫く沈黙を保った。

進は衝撃的な話にどう応えるべきか、迷っていたが、次第に冷静さを取り戻していた。

「あなたのお気持ちは本当に嬉しいのです。僕もあなたのことをずっと思い続けてきましたけれど、このような体の者が、あなたに求愛する資格はないと思います」

「愛は資格の問題ではないと思いますけれど」

信代は静かに応じた。

「純粋にはそうかもしれません。だが現実も忘れてはならないと思います。野村先生は人柄も良い上、能力的にも社会的にも僕より優れた方です。そのような方に将来を託するのは、あなたにとっても、お父様にとっても幸せと思います」

信代は無言のままだったが、ややあって「解りましたわ」と一言漏らすと、静かに病室を後にした。

川上信代の告白があってから数日後、衝撃的な報せが院内を駆け巡った。それは井口教授の急死であった。まだ働き盛りの教授は、一夜、彼を襲った脳梗塞により、あの世に去ってしまった。

この報せに進親子は茫然とした。

「井口先生を頼りにここへ来たのだから、先生が亡くなったのでは、もう入院していることもないわね」

富枝は先を読んでいた。

「そうですね。藤田先生とご相談して決めましょう」

進も同意した。

一落ち着きして、藤田が病室に姿を見せた。

「大変残念なことでした。私たちも力を落としましたが、致し方ありません。進さんは、これからご自宅で療養なさってください。一月に一回、私が往診に伺います」

藤田は退院許可を与えた。

明日にでも退院しようという一日、進は川上信代を呼び止めた。

「ご存じかと思うけれど、退院の日が明日になりました。ここに半年余りいましたけれど、あなたは本当に僕の心を癒やしてくださいました。感謝しています。お互い別々の道を歩むようになりましたが、これも運命です。あなたの未来が幸せになるよう、心からお祈りしますよ」

「有り難うございます。私も畑中さんにお会いするのが、何よりも楽しかったのです。時に私のことを思い出してください。お眼がよくなることを願っております」

「有り難う。いつまでも覚えています」

言い終わると、進は手を差し伸べた。信代はしっかり受け留め、二人は別れの思いを伝え合っていた。

二三

進にとって振り出しに戻るような生活が始まった。半年に及ぶ入院生活を考えてみると、手術は成功したものの、それから後の進展は全くなかった。眼球を暖めるのと、漢方薬を服用する毎日であった。その中で川上信代との出会いに、彼は青春の血を沸かせたが、それも一夜の夢のように消え去ってしまった。

医師の藤田は、毎月はるばる診察に現れたが、その都度「変化はありません」と言葉少なに語り、無駄話もせずに帰って行った。

日を重ねるにつれ、進は果てしない前途が横たわっているように思われてならなかった。

鍼灸家の本村は毎週姿を見せ、気さくに世間話をしながら、鍼を刺し、灸をすえる。

「体の方はしっかりして来ましたが、眼によい影響を及ぼすと何よりですがね」

彼は希望的観測を漏らしていた。

そうしたある日、富枝が進に相談を持ちかけた。

「友人から薦められたのだけれど熱心にお題目を唱えたら病気が治ることがあるらしいの。

治療も続けても芳しくないから、こんなことにでも頼らなければならないんじゃあないかしら」

「それはいったい何ですか」

「日蓮宗の一派らしいの。法華経でしょう」

「ご利益主義の宗教は、本当の宗教ではないな。そういうものを信じてはいけませんよ」

進ははっきりと否定した。

「でも治れば何でもいいじゃあないの。あなたのように理屈を言っていてはだめよ」

もともと信仰深い富枝は乗り気だった。

そうこうしているうちに、ある日若い数人の男女が現れた。富枝が話した宗派の者である。

「お題目を唱えさせてください」

中心人物らしい男がそう言うと、早速仏壇の位牌を脇に寄せ、御本尊なるものを正面に置き、拍子木を叩きながら、いっせいに南無妙法蓮華経を唱え始めた。富枝もその輪に加わっている。

「なんと押し付けがましいにも程がある。誰がこんなものに乗るものか」

進はあきれるより、腹が立ってならなかった。

「こんないい加減なものは断ってください。家の宗派は何ですか」

「真言宗よ。それはそれ、これはこれです。あなたがやらないなら、私だけでもやるわ」

富枝は頑強に言い張った。

「お母さんがあんな邪教に夢中になるとは情けないな。見ていられませんよ。やめてください」

「失礼なこと言わないでよ。親の気持ちも知らないで」

富枝はもう涙ぐんでいた。

真っ向から対立する二人を見て、賢一が乗り出した。

「こんなことで親子喧嘩をするのは止めなさい。富枝、信仰は本人の心次第だ。進の気持ちが染まらぬものを無理強いしてはいけないよ。断るんだな」

賢一の一言に、富枝は不承不承従った。

その日以来、進は自分の将来について深く考え込むようになった。

発症から丸三年、芳しくない経過を辿っていた。期待をもって臨んだ入院生活も、徒労のままに終わった。この眼はもう治らないのではないだろうか。

彼は強い疑念を抱かずにいられなかった。

「一緒に大学に入った者たちはあと一年で卒業する。自分はまだ一歩も進んでいない。このまま座していてよいのだろうか」

焦燥感が彼をせきたてていた。

「もう腰を上げる時が近づいている」

彼は高校の英語教科書の点字版を取り寄せ、独学を始めた。

三年も勉学から遠ざかっていた彼だが、読み終わってみると、英語の力が全く落ちていないことを彼は悟った。

「この分なら大学でも通用する。あとは復学するだけだ。だがそれには療養生活と決別しなければならない。許されることだろうか」

彼は決断に迫られていた。

毎週訪ねてくる本村に、進は心境を打ち明けた。

「私も同じ思いをしてきましたから、あなたのお気持ちはよく解ります。もう駄目か、もう駄目かと悩みながら暮らしていたのです。私は幸い取り留めましたが、進さんの場合は果たしてどうでしょうか。

実はお話ししてよいものかどうか、迷っていたのですが、私の触感では、あなたの眼の壺に跳ね返ってくる力を感じないのです。これはよい徴候ではありません。あなたの眼は、回復する力を失っていると思えてならないのです。あなたが心境を打ち明けてくださったから私も率直にお話ししました」

本村はそれ以上語らなかった。

「解りました。藤田先生はまだ宣告しておられませんが、内心どう思っておられるのか伺ってみます」

本村の一言は、彼の心を大きく揺さぶっていた。

その月の末、いつものように訪ねてきた医師の藤田に、進は有りのままを語った。

「先生、僕はこの頃、自分の眼はもう治らないのではないかと、疑問を持ち始めました。実は先日、鍼医師の先生が触診の結果、跳ね返す力がないから、もう難しいのではないか、と言われたのです。先生はどう思っておられるのですか」

藤田はやや間をおいてから口を開いた。

「あなたがそのようにお考えになるのは、ご無理ないと思います。ただ鍼医師の方の触診による判断は理解できません。私も東洋医学を信奉していますから、鍼治療を理解しているつもりですが、触診だけによる診断が、医学的に正しいかどうか、疑問を持つのです。大変難しい段階にあると思いますが、私はまだ希望を捨てておりません。だからと言って、私が必ずお治しできる、とお約束することもできないのです。ここで一番大事なのは、あなたの気持ちが切れないことでしょう。それが切れてしまったら、結果はよくないと思います。治療をするかしないかは、あなたのお気持ちにかかっています」

藤田の一言一言は核心に触れていた。それだけに進は素直に受け入れたが、本村の判断と、藤田のそれとは、どちらが正しいのか思い迷った。常識的と言えば医師の説だが、それにも限界がある。鍼医師の直感は、真実を捉えているのではなかろうか。彼は考え悩んだ。その末、誰かの判断を仰ごうと思い、兄の博に打ち明けた。

「お前が学業への復帰を考えるのはもっともだな。俺もこのままじっとしていてはよくないと思う。だが今の治療を続けながら、復学することはできるだろう。両方続けたらよいじゃあないか」

進は兄の意見に同意した。

日をあらため、彼は賢一、富枝の前で、自分の思いを語った。

「お前がそうしたいのなら、やってみるがよかろう。私たちも後押しをするよ。だが万々一、見えない人間として生きなければならないとしても、安心して暮らせるようにと考えている。そうだよな、富枝」

彼はそばの富枝の同意を求めた。

「勿論ですよ」

彼女は相槌を打った。

進は賢一の最後の一言を有り難いとは思ったが、素直に受け入れることはできなかった。親となれば、甘い言葉もかけたくなるのであろうが、それは真の愛情とは思えなかった。「獅子はわが子を千尋の谷に蹴落とす」と言うではないか。自分の力で這い上がってみよ。それが真の愛であろう。頼れるのは親ではなく、自分自らだ」

彼は独立の気概に燃えていたのだった。

日を置かずに、進は大学当局に、復学の願いを提出した。

二四

春はまだ浅く、大学は新年度を迎えようとする頃であった。進は賢一とともに、学務理事の橋口との面談に臨んでいた。

橋口は年頃五十格好、小太りで角ばった顔は、一見教授とは思えぬ風貌であった。傍らには、文学部長の大谷教授が控えている。

「あなたは復学希望のようだが、確かに学歴から言って、大学一年に在学する資格はあります。ただこの学校は目の見えない人が来る学校ではないんです。視覚障害者を教育する学校は他にあるでしょう。そちらへ行ったらどうですか。先例もないし、ちょっと無理でしょうな」

橋口は冷ややかだった。

「そこを曲げて先例を作って戴けませんか」

進は懇願した。

「いや難しいでしょうな」

橋口は一層冷ややかだった。

「どうですか、新しいことだから教授会に諮ったら」

大谷教授が提案した。

橋口は無言のまま、無関心を装った。

「畑中さん、あなたの気持ちも解るから、一度私の研究室にいらっしゃい。ゆっくりお話を伺いましょう」

大谷が助け舟を出した。

「是非ともお願い致します」

進は一礼して席を立っていた。

三田の山を下りながら、賢一がつぶやいた。

「慶応には福沢の精神が伝わっていないな。彼だったら必ず実行してくれただろうよ。学校も肥大化するとよくないな。役所のようになる。だが文学部長は好意的だった。あの人に頼るほかはないだろう」

大谷教授に指定された日、進は富枝に伴われ研究室を訪れた。

「あなたは最初から文学部に入学されたようだが、どういう学問をなさりたかったのですか」

温容の大谷は気さくに話しだした。

「最初はフランス文学を専攻したいと思いましたが、今は概念を追う哲学が適当かと思っております」

「それは結構ですね。哲学科には優れた方が揃っています。まずは哲学の講義を聴講することから始めたらいかがですか。ただ将来のことを考えたら、単位を取得して卒業する必要があるでしょう。聴講生で済ますわけにはゆきません。その点をどうするか、少し時間を貸してください。橋口先生の言われたことは、あまり気にしないことですね。あの方は建て前を重んずる人ですから」

大谷はちょっと苦笑した。

「よろしくお願い致します」

研究室を辞去した彼は、強力な援助者が現れたと、前途に希望を抱いた。

「捨てる神あれば拾う神ありだわ」

富枝は有り難い有り難いと手を合わせた。

進の聴講生としての生活が始まったのは、それから間もなくのことであった。彼は富枝に付き添われ、週二日、三田の大学に赴いた。哲学概論、哲学史等、哲学関係の講義に出席したが、久しぶりの学園生活は新鮮さに満ちていた。彼は本村から貰った点字盤を持参し、ノートをとったが、学ぶだけでなく、新しい人間関係が生まれることにも期待を寄せた。

ある日のこと、学園内を歩いていた進を誰かが呼び止めた。

「畑中君じゃあないか」

その声の主は聞き覚えのある学友太田であった。かつて日吉の坂を、二人で下った日以来の再会である。

「君とここで会うとは思わなかった」

「いやいやお互いさまだ」

二人は手を取り合った。

太田は既に大学を卒業し、法学部の研究室に残って助手の地位にあった。

「君のことはよく解った。大谷先生は親切な方だから、きっと道を開いてくださると思うよ。俺も学内にいるから後押しができる。走り使いに使ってくれ」

「有り難う。よろしく頼む」

進は太田との再会を、この上ない僥倖と思った。

夏も盛りを過ぎる頃だった。大谷から、研究室に来るようにとのお呼びがかかった。

「大分お待たせをしました。教授会にかけるには根回しが必要かと動いてみたのですが、頭の堅い人が多くて思うように行きません。そこで聴講は続けるとして、卒業に必要な教養課程の単位は通信教育で取ったらどうですか。慶応は戦後、いち早く通信課程を作ったんですが、その時は万という人が応募したそうです。しかし四年で単位を取得した人は、僅か三十人に過ぎなかったそうです。大方が働きながらの勉学でしょうから、大いに努力されたと思います。ところてん式に押し出される学生たちとは違い立派です。どうです、一つ挑戦してみますか」

「解りました。ご期待に沿えるよう努力致します」

進は心からの謝意を表した。

実際に通信教育課程の実態に触れてみると、かなり手強い相手であることを、彼ははっきり認識した。

送られてくる教材は、一教科大体四冊程度、一冊ごとにリポートを提出しなければならない。それに合格すれば、最後テストに出向く仕組みである。見えない彼にとっては、協力者を得ることが最大の課題だった。

「俺が手伝うよ。土日は会社が休みだから」

兄の博が助け船を出した。

兄の協力で、一つ一つ教材をこなしていったが、そのうち数学のテキストが配布されたのには、二人とも当惑した。

「数学はちょっと困るな。誰か解る人に頼めよ」

博は投げ出してしまった。

進も思案に暮れたが、偶々隣の鈴木家に浪人中の青年がいると知った彼は、垣根越しに青年に話を持ちかけた。

「いいですよ。お手伝いします」

彼は二つ返事で承諾した。

「このテキストは結構難しいですね」

鈴木はそう言いながらも、丁寧に読み上げてくれたが、正直なところ進にはほとんど理解できなかった。

「リポートは僕が書きますけれど、最後のテストはお兄様といらしてください」

彼は限界を心得ていた。

数学の最終テストでは、テキストの使用が許されている。進はそこに一脈の救いを感じた。

提示された問題に関するところを博に探してもらい、それを丸写し二問を片付けたが、三番目には全く歯が立たない。

「これでよしとしよう」

「そうするか」

博も合意し、二人は答案用紙を事務局に持っていった。

馴染みの職員高原が、答案用紙に目を落とし首を傾げた。

「三題目が書いてありませんね。テキストのどこかにありませんか」

「いや、お手上げですよ」

進は苦笑した。

「ふん。二つの答えが合っていればいいんですがね、これが間違っていると不合格Dを食らいますよ」

高原は心配そうだった。

「まあ運を天に任せましょう」

進は笑い返した。

その日から一月ほどして、テストの結果が届いた。同じ日に受験した政治学はA、数学はCの合格である。

「やれやれ。これで数学とは一生縁が切れた」

進はほっと胸を撫で下ろした。

この機会にと、彼は暫く音信の途絶えていた黒江に電話をかけた。

「畑中か。君のことは気にかかっていたんだが、忙しさにまぎれ失敬した。その後どうしている」

進は環境の変化を手短に伝えた。

「そうか、新しい道を選んだか。険しい道程かもしれないが、しっかりやれよ。君はサッカーで鍛えた闘志を持ち合わせているから突破できるだろう」

「はい、必ずやり遂げます。ところで先生、やっと数学とは縁が切れましたよ」

「それは何よりだ。数学では君を大分いじめたからな」

黒江は愉快そうに笑っていた。

二五

進の勉学は順調に捗っていた。太田とは時折学内で顔を合わせ、声を掛け合う。

「通信で単位を取るのは大変だろうが、何か困ることはないか」

「そうだな、自然科学の履修が厄介だな。生物と数学を取ったが、あと統計学が残っているよ。これがよく解らない」

「そいつは俺に任せろよ。一番楽な方法を考えよう。統計学は藤本先生だったな。よし解った」

太田は自信たっぷりだった。

同行していた富枝は、太田がすっかり気に入ってしまった。

「いい方ね。お嫁さんのお世話でもしようかしら」

彼女は出雲の縁結びの神様と、自他ともに許していた。

「どうぞ世話してやってください」

進はまた始まったと内心笑っていた。

年が替わり、新しい年度を迎えた。進が最短距離で卒業するには、あと二年を必要としていた。最後の年は、一年を通してのスクーリング（受講）に参加しなければならなかった。

最初の年、彼は神田教授の歴史哲学の講義に出席した。それと言うのも以前にテキストで学んだ歴史学の中で、「歴史とは何か」を考える歴史哲学の一端に触れ、多大な関心を抱いていたからだ。

白皙《はくせき》の壮年神田教授の明快な講義は、彼に一定の方向性を与えた。この学問を探求し、卒業論文はそれを纏めることにしようと決めたのだった。

そうこうしているある日、珍しく恩師の黒江から電話がかかってきた。

「実は先日同窓会の席で君のことを話したら一度会いたいという教え子がいるんだが会ってくれるかな」

「勿論ですよ。どういう方です」

「同じ慶応の文学部にいる子で、時折君を見かけたことがあるらしい。五中時代の教え子だと言ったらびっくりしてね。五中時代のことを聞きたいんじゃあないかね」

「解りました。お名前は？」

「山崎美和と言うんだ」

「はあ、女性ですか」

「女性ではいかんかな」

「とんでもない。是非おいでください」

おかしな幕切れで話は終わった。


遥かに大森海岸を望む丘に建てられた進の家にも、春の風が吹き寄せていた。山崎美和が彼の元を訪れたのは、その頃のことであった。

「時々学園でお見かけしたのですが、黒江先生の五中時代の教え子と聞いて驚きました。その頃のことを聞かせてくださいませんか」

知性に富んだ面立ちの彼女は溌剌としていた。

「ええ何でも。五中は大正八年に誕生しましたが、それまでに創られた一中から四中は、明治政府が掲げた富国強兵、殖産興業に沿った学校でしたから、何々すべし、すべからずの原則で固められていました。創立を任された伊藤先生は、これらとは全く趣を異にする学校を建てられたのです。一言で言えば、自由精神に溢れた学校でした。僕は先生の薫陶を受けていませんが、先生の理想は五中精神として、我々の時代にも伝わっていたのです。つまり先生が入学式で言われた一言、『この学校には開拓、創作という理想はあるが、原則はない。原則は破ろうと思えばいつでも破られるから、作る意味がない。君たちは小紳士だから、自分で考え、自分で判断し、正しい道をお進みなさい』これが五中精神なのです。さらに人を頼らず、自ら学び、自ら習えとも言われました。五中を引き継いだあなたの高校にも、この精神は生かされていますか」

「ええ、五中時代ほど強烈ではありませんが、自由精神は伝わっていると思います。学校の玄関を入ったロビーに、伊藤先生の胸像が置かれているくらいですから」

「ほおう、それは立派だ。僕たちの時代には、中庭に置かれていましたよ。初代校長の銅像が置かれている公立学校はどこにもありません」

「偉大な方だったんですね」

彼女は感嘆の声を発した。

「その通りです。僕が五中で学んだ頃は、戦争に次ぐ戦争の時代でした。昭和六年の満州事変に始まり、翌年の上海事変、そして敗戦と、息つく暇もなかったのです。軍国主義が学校教育を統制しましたが、それによって五中の自由精神が失われることはなかったのです。実に伸び伸びした学校生活でした。僕の精神形成は、その頃に養われたと思いますよ。慶応に入ってからは、程なくこんな状態になりましたから、考える暇もなかったのです」

進は自嘲気味の笑いを浮かべた。

「ご苦労なさったんですね。黒江先生が、畑中君は厳しい勉学をしているから、手伝ってあげてくれと申されました。私でよろしかったらお手伝いいたしますわ」

山崎美和は話題を転じた。

「それは勿体ないことですね。実は隣の家の浪人青年がよく手伝ってくれたのですが、彼は地方の大学に入り、いなくなったのです」

「木曜は学校へ参りませんから、その日に伺います。よろしいでしょうか」

「ええ。結構ですよ」

進にとっては思わぬ救いの手であった。

山崎美和は文学部英文科の三年生、近代英文学を専攻していた。中でもキャサリン・マンスフィールドの愛読者だった。

ちょうどその頃、進は近代英米文学のテキストを講読していたが、専門の英米文学はなかなか難しい。難渋している彼にとって、彼女は最高の協力者だった。

「通信で勉強する方は大変ですわ。私たちは入学したら、あとは遊んでいても卒業できるんですから、このテキストは私にとっても勉強になります」

「それは何よりですね」

山崎美和との出会いは、進の生活に新鮮さを及ぼしていた。

回を追うにつれて、彼女は自分の家庭のことを話しだした。

「私の父は慶応出身の眼科医なのです」

その一言に、進は閃くものがあった。

「お父様は四谷で医院を経営していらっしゃる方ですか」

「そうです。どうしてご存じなのですか」

彼はかつて山崎医師の世話になったことを話した。

「とても親切な優しい方でした。すっかりご無沙汰をしています。あなたからお詫びをお伝えください」

次の週、彼女は親子の対話を語った。

「父が大変驚いておりました。新しい道を選ばれたのは致し方ない。何分難しい病気だからと申しておりました。お前がお手伝いできるのは結構なことだ。しっかりやりなさい。これも神様の配慮だろうですって。父は信仰はないのに、都合のよい時には神様を持ち出すんです」

彼女は悪戯っぽく笑った。

「その点あなたはどうなんです」

「私は母がカトリック信者ですから、幼児洗礼を受けました。ずっと続いています」

「ほおう。教会はどちらです」

「四谷のイグナチオ教会です」

「あの教会には親友の葬儀で行ったことがあります」

進は手塚道夫との親しい間柄を語った。

「その方のお父様を知っています。教会の役員として、熱心に仕事をしてくださるのです」

「それは奇縁ですね。ご両親は固い信仰を持っておられると思います。僕は道夫君が亡くなった時駆けつけましたが、もう間に合わず、悲しくて泣けるだけ泣いたのです。ところが傍らのお二人は毅然としておられました。『道夫は神様の許にお返しします』と言われた時はびっくりしました。初めは虚勢を張っておられるのではないかと疑いましたが、葬儀に参列して、偽りの言葉ではなく、信仰に支えられていることを強く感じ取りました。それ以来お会いしていないのです。お会いになったら、僕のことをお話しください」

「ええ、必ずお話し致します」

次の週、山崎美和は、道夫の父と会った折の模様を語った。

「手塚さんは、進君のことは片時も忘れていない。是非お会いしたいとのことでした。よろしかったら日曜日にご案内しますわ」

「そうでしたか。僕も手塚さんにお会いしたいな。よろしくお願いします」

その日、連れ立って歩く二人の足取りは軽かった。風のような青春の息吹が彼らを包んでいた。進はいつしか傍らを歩む人に、心を寄せている自分を意識せずにはいられなかった。

聖イグナチオ教会の聖堂は、静寂に満たされていた。礼拝の始まりを告げる鐘の音が、人々を一点に集中させた。

進は道夫の葬儀の日のことを思い起こしていた。

「あの日からもう何年たったことか」

回り回って、再びここに座っている自分が、不思議に思えてならなかった。

「人を介しての導き手があるのだろうか。それとも偶然に過ぎないのだろうか」

彼は思いに耽りながら、オルガンの響きと歌声に耳を傾けていた。

やがて礼拝は終わり、道夫の父が進のところに歩み寄った。

「進さん、あなたのことはいつも心にかかっていましたが、大変な運命を背負われたと伺い、我がことのように胸がつまりました。さぞ苦労なさったでしょう」

「有り難うございます。すっかりご無沙汰をして申し訳ありません」

進は頭を下げた。

「いやいやそれどころか、あなたが新しい道を進んでおられるのを知って、心強く思いました。その道は必ず開けますよ。『求めよ、さらば与えられん』です。あなたのように努めてやまない人を、神様は決して見放されません。私たちはあなたのためにお祈りしています。道夫も高い所から見守ってくれるでしょう」

「ご期待に沿えるように努力致します」

感動に満たされ、二人はしっかり手を取り合っていた。

二六

進にとって、学園生活最後の年を迎えようとしていた。最短距離の四年で卒業するには、一年通学しなければならない。だが聴講を重ねてきた彼にとっては、その延長に過ぎなかった。テキストによる履修はほとんど終わり、問題の統計学は残っていたが、太田の「俺に任せとけ」の一言に期待を寄せていた。

四月、開講になってから間もなく太田が彼の教室に現れた。

「例の統計だがね、これから藤本先生のところに行って頼み込もう」

統計学担当の藤本は、太田同様若い講師である。

「この男は目が見えませんので、テストは論文にしていただけませんか」

「ああいいですよ。何でも結構です」

話は簡単に決まった。

暫くして太田が一冊の本を片手に、進の家にやって来た。

「統計学のよい本が見つかったよ。『統計学とは何か』というんだ。これで纏めよう」

太田はすでに目星をつけていたと見えて、その箇所を読んで聞かせた。

「それでいいだろう。そこを要訳すればどうかな」

進も同意した。

「解った。あとは任せとけ」

太田は原稿用紙に筆を走らせると、瞬く間に三枚ほど書き上げた。

「出来たよ。読み返すぜ」

もっともらしい内容が書かれている。進は彼の要領のよさに感心した。

「これで一件落着だ。こんなことに時間と労力を使ってはいかんよ」

太田は事も無げに言ってのけた。

「ところで全く別の話なんだがね。僕は最近ある女性学生に一目ぼれしてね。英文科の生徒だ。北村先生のゼミに入っているようだから、先生に紹介してもらったよ。なかなか頭のよさそうな人だ。行く行くはプロポーズしようかな」

彼は愉快そうだった。

「その人の名は何と言うんだ」

「山崎美和さんだよ」

進は電光に打たれたようにうろたえた。

「まさか太田が二人の間に割って入ろうとは、思いも寄らなかった」

事の次第を話そうか、それとも否か。彼は当惑し、口ごもった。

進が提出した論文を一読した統計学の藤本は表情を和らげた。

「これで結構です。『統計学とは何か』をお読みになりましたね。あの本は解りやすく書かれています。だがあなたは太田さんのような友人をお持ちで幸せですね。彼は誰に対しても親切な人です。将来の塾長候補でしょう」

彼は機嫌よく余分なことまで話した。

統計学の片が付き、テキストによる履修は教育史を残すのみとなった。進は山崎美和の来訪を心待ちにしていた。太田の告白を聞いてからというもの、彼女への思いが一層募るのであった。

「ご無沙汰しました」

いつも変わらず、彼女は爽やかだった。

「テキストを読んでいただくのも、これ一つになりました。あとは卒業論文に関するものになりましょうね」

「卒論はやはり歴史哲学ですか」

「ええそうです。神田先生の指導を受けるつもりです」

「資料の文献をお読みいたしますわ。実は神田先生もカトリック信者なんですよ」

「ほおう、それは知らなかったな。それでは面識がおありでしょう」

「ええ、教会で二、三度。温厚でよい方ですわ」

話は尽きなかったが、一仕事終わってから進はさりげなく切り出した。

「太田君にお会いになったそうですね」

「あら、どうして知っていらっしゃるんですの」

彼女は不審な面持ちだった。

「太田君自身から聞きましたよ。彼は小学校時代からの友人なんです」

「それでは私がこちらへ伺っていることをお話しになりましたか」

「いや、話していないんです」

「何故お話しにならなかったんですの。その方がはっきりしましたのに……」

「僕も後悔しています。今度会ったら必ず話します。太田君は親切ないい男ですよ。付き合ってやってください」

「ええ、この間大学の食堂でご馳走になって、お話をしました。話題の多い方ですね」

「そうです。学識も豊かな人物です」

彼は太田がかなり踏み込んでいることを察知した。


富枝は殊の外、山崎美和が気に入っていた。

「しっかりした感じのいいお嬢さんだわ。いずれお世話をしなければね」

忽ち出雲の神様が正体を現した。

「太田さんなら年頃もいいいんじゃあない」

早々品定めをしている。

「余計なことをしないでくださいよ」

進は腹立たしげに釘を刺した。

太田は時折歓談をしに、進を訪ねてくる。二人はすっかり馬が合っていた。

「よう、元気か」

その日も気軽に声を掛け、部屋に入って来た。

進は「今日は核心に触れねばならない」と意を決した。

話はいつも社会問題や、政治問題に集中したが、一段落したところで、太田が話題を転じた。

「卒論はどうするつもりだ。やはり歴史哲学か」

「そうだ。神田先生の指導を受けるつもりだよ」

「それがいい。神田先生なら俺もよく知っているから、よろしくと頼んでおくよ」

太田は至って気さくだった。

「ところでいつぞや君が話してくれた山崎美和さんのことだがね、実は彼女は、僕のところによく本を読みに来てくれるんだ」

進は黒江との関わりから始まり、事の次第を打ち明けた。

「そうか、そんなことだったのか。ちっとも知らなかったよ」

彼はひどく驚いたようだったが、言葉を継いだ。

「だがこのことで、俺は君との友情に皹《ひび》を入れたくないんだ」

「それは僕とても同じことだ。しかしどちらが手を引くわけにもゆかないだろう。結局鍵は彼女が握っているんだ。彼女が答えを出してくれるよ」

「そうだな。それまでは静観か。だが答えが出たら、お互い文句言いっこなしだぞ」

太田は冷静さを取り戻していた。

「その通りだ。だが第三者が現れるということもあり得るよ」

「いい気になっていると、鳶に油揚を攫われるということか。それは戴けないな」

「そうなれば阿呆なのは我々というわけさ」

二人は顔を見合わせて笑った。

夏休みに入る頃、進は神田教授の研究室に座っていた。

今まで神田の講義は一度も欠席せず、いつも最前列に座ってノートを取っていた。時に講義が終われば講壇に近付き、質問をしたりしていたが、神田はこの熱心な学生に興味を抱いていた。卒業論文の相談をと申し込まれたのを機会に、研究室に招いたのであった。

「ヘーゲルを取り上げたいとのことだが、それだけでは大き過ぎて纏まりがつかないでしょう。同時代の歴史家ランケの歴史観と対比したらよいと思いますよ」

「両者の類似点と相違点をですか」

「そうです。ここにヘーゲルとランケの著書がありますから、これをお読みください」

彼は二冊の本を進に手渡した。一方はヘーゲル、他方はランケである。

「ところで本を読んでくださる方がいらっしゃるそうですね。あのお嬢さんとは時々教会でお会いして、お話を伺いました。なかなか利発な方です。結構じゃあありませんか」

神田は打ち明け話を始めた。

「中学時代の恩師の紹介で見えたのですが、それ以来ずっと続いています」

「何よりですよ。ただ最近婚約されたとの噂が耳に入ったんですが、本当ですか」

進にとっては寝耳に水であった。

「全く知りませんでした。真実とするとお相手はどちらさまですか」

「いや、それは知りません。何分学内ではゴシップを好む人が多いですからね。単なる噂話ではありませんか」

彼は相手の心の中を察していた。

二冊の本を手にして研究室を辞した進は、先ほどの一言に考えを巡らした。

「太田に会ってからまだ日が浅いから、まさかそんなことはあるまい。冗談で漏らした第三者が現れたのかな」

彼はその夜、太田に電話をした。

「おい、こんな話を知っているか」

「知らないな。それはデマだろう。つまらんことを言う奴がいるんだ。俺が学生食堂で一緒に食事をしたのを、種にしたんじゃあないかな。慎まなければいかん。第三者というのは考えられないから」

「それは解らない。近々彼女に会うから、それで解るだろう」

話は簡単に終わった。

約束の日、山崎美和は晴れやかな姿を現し、早速ヘーゲルの歴史学を読み始めた。

「この本は難しいですね。これで論文をお書きになるんですか。大変なこと」

読み終わった彼女の様子には、特別な変化はなかった。

次の日も、また次も、彼女は普段と全く変わらない。

「やはりデマだったんだ」

進は胸を撫で下ろした。


十二月に入って、進は卒業論文を神田教授の元に提出した。暫くして神田より、研究室に来るようにとの招きがあった。

「論文を拝見しましたが、大変結構です。論旨も明快、論調も一貫しています。申し分ありません。これで卒業は間違いないでしょう。ところで将来のことを、あなたはどう考えているのですか。できたらもう少し勉学を積んで、ここで教えたらどうですか。私の歴史哲学を引き継いでいただいてもよいんですがね」

「有り難いお言葉です。考えさせてください」

研究室を後にした彼は、将来の展望が開かれようとしていることを嬉しく思った。ところが年が替わってから、ある県の盲学校の校長より、「あなたのように盲人で普通に大学を出た人に、生徒の指導をしてもらいたいが、こちらに赴任する気持ちはないか」との誘いを受けた。

「大学の講壇にも魅力がある。だが盲生徒の指導をするのも意味が深い」

進は判断に迷い、太田に相談を持ちかけた。

「ううん、そうだな。どちらにも価値がある。結局は君が決断をするほかはないよ」

彼は明確に答えなかった。

進は意中の人に話し、これを機会に年来の思いを打ち明けようと決心した。

「僕は今判断しかねているのです。あなたはどう思われますか」

彼は問題の事柄を語った。

彼女は少し考えてから静かに話し始めた。

「大学で教えるのは、素質があれば誰にでもできます。しかし見えない生徒たちを教えることはできても、導くことは容易ではないと思います。やはり同じ運命を辿り、多くの体験を持った人、つまりあなたのような人が、最もふさわしいのではないでしょうか。私でしたら後の道を選びます。これは神様からもたらされた天職だと思うのです」

「よく解りました。僕もその道を選びます」

一息おいてから、進は言葉を継いだ。

「僕の未来がこれから始まります。美和さん、僕と一緒に将来を歩んでくださいませんか」

彼は一語一語に心を込めていた。

彼女は間をおかなかった。

「私もそうありたいと思っています。どこまでも進さんのお伴をしますわ」

「有り難う、美和さん。あなたが即座に応じてくださったことに、僕は目を見張りました。恐らく迷われると思っていたのです」

「いいえ。私の気持ちは、もう固まっていました。私は進さんに、同情を寄せていたのではありません。愛していたのです。一時の同情なら迷うかもしれませんが、愛に迷いはないのです」

力強く応えた彼女の瞳は、希望に満ち、美しく輝いていた。

著者プロフィール

河相 洌（かわい きよし）

1927年カナダのバンクーバー市に生まれる。

1945年慶應義塾大学予科に入学するが、２年後失明のため中退。1952年慶應義塾大学に復学。1956年文学部哲学科卒業。

滋賀県立彦根盲学校教諭を経て、1960年静岡県立浜松盲学校に奉職。

1988年浜松盲学校を退職、現在に至る。

著書に『ぼくは盲導犬チャンピイ』（偕成社文庫）、『盲導犬・40年の旅―チャンピイ、ローザ、セリッサ』（偕成社）、『ほのかな灯火―或盲教師の生涯』『大きなチビ、ロイド―盲導犬になった子犬のものがたり』『花みずきの道』『回想のロイド　盲導犬との五十年』『想い出の糸』『妻・繰り返せぬ旅』『雲と遊ぶ少年』（以上　文芸社）がある。

青春の波濤

2020年11月15日　初版第１刷発行

著　者　河相 洌
発行者　瓜谷 綱延
発行所　株式会社文芸社
〒160-0022　東京都新宿区新宿１－10－１
電話　03-5369-3060（代表）
03-5369-2299（販売）

印刷所　株式会社フクイン

ISBN978-4-286-22069-7